徳間文庫

怪物が街にやってくる

今野　敏

徳間書店

目次

怪物が街にやってくる

西荻窪駅の北口商店街を少し左にそれた所に、地下室へおりる階段がある。まるで物置の入口のようだが、その横には「JAZZ　AND　WINE、テイク・ジャム」という看板がかかっている。有名なライブスポットで、一流のジャズ・ミュージシャンが毎日、生演奏をたっぷりと聴《き》かせてくれるのだ。

入口の脇の小さな黒板を見ると、きょうの演奏者の名が、白いチョークで大きく書かれている。

武田巌男《たけだいわお》4（カルテット）

ドラムス　武田巌男
ピアノ　飯田橋文明《いいだばしふみあき》
ベース　藤原孝二《ふじわらこうじ》
テナーサックス・ソプラノサックス　松田三郎《まつださぶろう》

店の中からは、ドラムをセッティングしている音が聞こえる。この武田巌男の、ドラムのチューニングというのが、ちょっとした見物《みもの》だ。ドラムセットを、一応ネジで固定すると、皮の張り具合をみるのだが、その時に、並のドラマーのように、ひとつひとつ音を合わせるようなまねはしない。そこで、ドラムソロを始めるのだ。そうして、皮を締めたり弛《ゆる》めたりして音を合わせてしまう。チューニングはやや高めで、実に澄んだ音がする。

ピアノの飯田橋は、アウストラロピテクスのようなかっこうで、サックスの松田と奥で談笑している。松田はこのグループの一番の若手であり、ジャズ界でも指折りのスタイリストである。ベーシストの藤原は、ベースの弦を張り替えている。

そうこうしているうちに、客が集まり始めた。客は、高校生ぐらいから、三十歳前後のサラリーマン風まで様々だ。きょうも大入りで、立見が何人か出るだろう。とにかく、このグループは、平均年齢三十歳前後という若手だが、実力は群を抜いている。特にリーダーの武田巌男は、かつて、史上最強と謳《うた》われた、上杉京輔《うえすぎきょうすけ》トリオで大活躍した男だ。このトリオは、ピアノ、ドラム、サックスという変則トリオで、ピアノの上杉京輔と、武田巌男のコンビネーション・プレーは、世界に恐れるものはないと言われたものだ。

三年前、巌男は突如としてこのトリオを脱退し、一年間ジャズシーンから姿を消していた。そしてまた、新グループを引き連れ、再度、ジャズシーンに殴り込みをかけたのだ。

かつての三匹の怪物が、今は、二匹プラス一人のトリオ、つまり新・上杉京輔トリオと、一匹と三人、つまり、この武田巌男カルテットに分裂し、二方からジャズ界を揺さぶっているのだ。

いよいよ演奏が始まる。音楽面では、飯田橋がブレーンとなっていて、演奏曲目のほとんどは、その飯田橋のオリジナルだ。

二曲、三曲と進むうちに、店内はどす黒い興奮に包み込まれていく。たっぷりと、武田サウンドを聞かせておいて、いよいよ、このグループ十八番の『ソフトリー・アズ・イン・ナ・モーニング・サンライズ』、つまり『朝日のようにさわやかに』である。これは、スタンダードナンバーで、もともとは、ミディアムのメロディーラインの美しい曲だが、このグループにかかっては、いともすさまじく料理されてしまう。これもジャズの楽しみのひとつだ。

突然、巌男のスネアが、かん高く鳴り響く。次の瞬間、マシンガンのようにスネアとタムタムが連打され、それにシンバルが加わる。バスドラムが地響きをたてる。店中がドラムソロにふるえた。タムタムの連打で、松田のサックスが飛び込んでくる。フリーのデュオが繰り広げられる。イントロだ。

スネア、タムタム、フロアタム、シンバル、バスドラム、ハイハットの総攻撃の中で、松田も、サックスのキーを最大限に使い、上下の音を駆け回る。その叩きつけるようなフレージングの中から、チョロリ、チョロリと曲のテーマが顔を出し、いつの間にか、朗々とサックスがテーマを歌い始める。その間も、ドラムは、テーマの十倍くらいのスピードで飛ばし続けている。松田のサックスが、ツーコーラス目のサビに入った瞬間、ドラムのトップシンバルとバスドラムの一打とともに、ピアノとベースが飛び込んだ。そこから、ドラムは、カッチリと、フォービートをキープし始める。

松田がソロを取り、バリバリという荒っぽいフレーズをふんだんに聞かせた後、ピアノの飯田橋がソロを取る。しだいにのってくると、椅子から腰が飛び跳ね、腕が一メートルもの高さから、鍵盤に振り降ろされる。それでも、キーを絶対にはずさない。巌男はじっと飯田橋を見つめ、彼が投げてよこす一音一音に反応しようとする。飯田橋もまた、バスドラムが響くと、低音の真っ黒い音団を投げて返し、スネアとタムタムを連打すると、和音がカリカリと高音の方へ展開してゆく。

しだいに二人で高揚していくと、飯田橋は低い音の固まりを投げつけたままブレイクになった。とたんに、巌男が飛び出す。高揚していた感情を一気に登りつめようと、スティックが、ドラムセット中を飛び回る。スティックの先が完全に見えなくなる。まさに、音の洪水だ。絶頂でトップシンバルが叫んだ。波が引くように音を抑えていって、美しいスネアロールを始める。スティックが繊細に動き、はじき出された音は、完全に連続音に聞こえる。そこにバスドラムが加わる。噴火の前の地鳴りのようなエネルギーを秘めたバスドラムだ。それが徐々に速くなってゆく。ラストスパートだ。それは火山の噴火を思わせる。じっと目を閉じてうつむいている顔に玉の汗が流れる。四肢は、常識を超えたスピードで、しかも正確に躍動する。スネアははじけ、バスドラムは機関車のように重厚に響き、シンバルは炸裂《さくれつ》する叫びを上げた。ついに右手に持っていたスティックが耐えきれず、バキリと折れた。横の箱から、目にも止まらぬ速さで、新しいスティックを抜き取る。折れた破片が、床に落ちる時には、すでにスティックを持ち替えていた。フルスピードのドラムソロから、フロアタムの短い連打。それを合図に、あとの三人が飛び込む。ドラムがフォービートにもどり、テーマを二回繰り返し、トップシンバルの一打で、演奏は終わった。

瞬間に、ドッと拍手と喚声が起こる。巌男は、本当にうれしそうに、顔中に笑みを浮かべて立ち上がり、挨拶をした。拍手がアンコールを求め始めた。軽いバラードを一曲演奏して、客席の中を通り、カウンターの奥に引っ込んだ。

客が帰った後の店の中に、まだ熱気がこもっていて、その余韻を惜しむように、レコードが鳴っていた。マッコイ・タイナーの超スピードのソロが聞こえる。その中で、巌男はドラムセットの支えのネジをひとつひとつはずして、セットをケースにおさめている。

カウンターの方では店のマスターと、飯田橋、松田が水割りを飲みながら談笑している。

「かなり息が合ってきたね」

そうマスターに言われ、若い松田が答える。

「いや、どうしても、武田さんに圧《お》されちゃってね」

「あの人、怪物だから」

照れたように飯田橋も付け加える。

「いやあ、かなり強力なグループになったよ。グループ組んだ当時はどうなることかと思ったけどね」

「あの頃はまだ楽だった。武田さん、半分隠居してたみたいなもんだからね。でも今は、あの人、本気でかかってくる。どうしても、でかい音出さなきゃ負けちゃうもんね。それで……」

そこまで言って飯田橋は言葉を切った。巌男とベースの藤原が片付けを終えてやってきたのだ。

「ひゃあ、まいったね。もう年かね」

巌男はそう言って水割りをグビリと飲んだ。

「冗談じゃないよ」

とマスター。

「三十そこそこで怪物に隠居されてたまるかよ。上杉京輔トリオはバリバリやってんだぜ」

一瞬、飯田橋、松田、藤原の三人は緊張した。三人は、やはり、上杉の話題はタブーとしているのだ。しかし、巌男は平気な顔をして笑っていた。

「そういじめないでよ。上杉さんは本当の怪物なんだから」

三人は、互いに目を合わせ、巌男に気づかれぬようほっと息をついた。しかし、巌男がそれに気づかぬ訳がない。だからこそ、平然を装っているのだ。決してトリオを逃げ出した訳ではないし、そこのところは、上杉も巌男も互いに了解して別れたのだ。だからこそ、上杉も新しいドラマーを加え、新トリオで活動を始めたのだ。しかし、自分のどこにも非はないとわかっていながら、巌男には、どこか割り切れぬものがあった。それは、巌男の抜けた後、「上杉の前では武田の話はタブーだ」などという噂が流れたせいかもしれない。

それからしばらく、あれこれ話してお開きになった。別れ際、マスターが飯田橋に言った。

「さっき何か言いかけたでしょ。ずっと気になってたんだ。ほら、巌男ちゃんたちがこっちに来る前に……」

「ああ、あれ」

曖昧《あいまい》な笑い方をしている。

「ピアノででかい音出さなきゃ、とか何とかの後、なんだい」

飯田橋は、何となく出口の近くへじりじりと歩み寄っている。

「変な奴《やつ》だな。何だよ」

「下一点ロの音の……」

「うん」

「弦を切った」

そう言って外へ飛び出した。

「あ、このやろう」

怒鳴りつけて、外へ追って出ようとしたマスターを店の者が押しとどめた。

「いいじゃないですか、弦の一本や二本。そりゃ安くはないが、彼らのおかげで、赤字もかなり楽になってるんだし」

「ばか。そんなことじゃない。弦を切るというのは、それだけ飯田橋が強力なピアニストになったということだ。マネージャーを代行している俺としては、喜ばしいことじゃないか。それをコソコソ逃げ出すのが許せんのだ。こら、待て飯田橋」

残りの三人も後を追うように外へ出て別れた。

　このテイク・ジャムから巌男の家までは歩いて行ける。深夜の西荻窪の商店街を、演奏の興奮と酒の酔いを醒ましながら歩いて帰ることにした。車道をタクシーが何台も通り過ぎて行った。店はどこもかしこもシャッターを下ろしている。ゆっくり桃井三丁目の方へ歩いていた巌男は、思わず振り返った。誰かが後をつけて来るような気がしたのだ。しかし、今歩いて来た道には誰も居ない。

「そう言えば」

　巌男はふと考えた。

「この頃、妙な感じがする。演奏中も、客の視線と、全く異質な視線を感ずることがある」

　角刈りに近いくらい短く刈り上げた髪。大きめの目は、演奏中には野獣を思わす残忍な光を帯びることがある。三十歳の男ざかりで、その肩から腕にかけて盛り上がる筋肉にたるみはない。

　しばし立ち止まっていたが、気のせいだと思い込み歩き始めた。季節は真冬、もうじき二月である。

　数日後、珍しく仕事もなく、家でゴロゴロしている巌男のところへ電話が鳴った。テイク・ジャムのマスターからだ。

「あのね、ビータの話があるんだけど」

ビータ、つまり演奏旅行のことだ。巌男にとって演奏旅行は実に久しぶりだ。それもそのはずだ。上杉トリオ脱退以来、彼が演奏をしているなどということを、地方に住むジャズファンは、あまり知らないはずなのだ。

「ある町のジャズファンの人が招いてくれてね」

「それは、ありがたいことだが、全員のスケジュールのこともあるし……」

「これから相談しよう。今から店へ来られるかい」

「いいですよ。で、ゴトシ（演奏）はどこでやるの、遠いのかい」

「なに、東京から一時間半くらいだよ」

巌男はほっとした。遠くへの旅行は、やはり気苦労が伴う。特に、山のような商売道具を持って歩かねばならないミュージシャンにとってはなおさらだ。

「一時間半って、国鉄かい、車かい」

「なに、飛行機でね」

ぶっ飛んだ。場所は北海道の函館だった。この寒さの中、北海道へ行かねばならない。彼は身震いをした。

「どうせ北海道へ行くなら、夏に避暑を兼ねてとか、秋にトウモロコシを食いにとか、そういきたいね」

「嫌かい。断わってもいいんだぜ」

「嫌じゃないが……。きょうは、ずいぶん素直だね」

「うん。あまり乗れる話じゃないんでね。ま、詳しくは、こっちへ来てから……」

店に行くと、サックスの松田が来ていた。彼は珍しく躁状態だった。それもそのはず、彼は北海道の出身で、今度の演奏場所である函館で彼は、高校の三年間を過ごしたことがある。

「飯田橋と藤原はゴトシ（演奏）があって来られないらしい」

マスターが言った。

巌男は開店の準備をしている店の者に目で挨拶しながら、パイプの腰掛けに腰をおろして、尋ねた。

「乗れる話じゃないって、どういうことだ」

マスターは苦笑して言った。

「うん、実は、この話は上杉トリオのトラ（エキストラ、代演）なんだ」

「どういうことだ」

「函館のジャズクラブでは、はじめ、上杉トリオを呼ぶつもりだったらしい。ところが、上杉たちのヨーロッパ行きの予定が急に繰り上がってね」

マスターは巌男の顔色を気にしつつ話している。巌男は何も言わない。

「……で、トラにどのグループを呼ぼうかと言ってるところに、たまたま、松田の知り合いがいてね。もと上杉トリオの武田巌男が松田とやっているらしいっていう話が出て、そりゃいい、ってなことになったらしいんだが……」

話しているうちに、マスターが興奮してきた。

「まったく、いつまでたっても『もと上杉トリオの』っていうのが上にくっつくんだ。それならまだいい。相手は、はっきりと『上杉さんが出られなくなったので』なんて言いやがる。よっぽど断わってやろうと思ったんだが……」

巌男が口を開いた。

「断わることないよ。いい話じゃない、わざわざ呼んでくれるなんて。僕らの演奏を聴かせるいいチャンスだし」

「このグループの演奏を聴いたことのない連中のことだ。上杉さんのトリオの延長線上に、このカルテットを見ていても無理はないよ」

松田が、函館ジャズクラブの人々を弁護した。

「それなら、僕らが乗り込んで、その構図を叩きこわしてやるだけだ」

「あ、それがいい。それはたのもしい」

マスターは安心し切った顔をした。この人は、公家の血筋を引いているような高貴な顔立ちをしている。

「で、飯田橋や藤原のスケジュールはどうなんだ」

巌男がマスターに尋ねた。

若手ジャズマンは、ひとつのグループに落ち着いて生活できるほどギャラはよくないし、実力のある人は、自分のやりたいことをやるために、たいてい他に自分のバンドを持っている。ひどいのになると、あるグループのリズムセクションだけが、全く同じメンバーで、ピアノトリオとして独立していることがある。しかし、リーダーが違えば、やることも違う。それで成立している訳だから、これは、詐欺だ！　と大騒ぎする必要はない。

それからは、細かい打ち合わせになって、マスターがあちらこちらに電話をかけたり、巌男や松田のスケジュールを調整したりして、演奏旅行の日程を組んだ。

函館ジャズクラブが予定した演奏日の当日まで巌男は仕事や他の用事で東京を発《た》てないことになっていた。それで函館では顔も広く、クラブに知り合いもいるサックスの松田と、このグループのブレーンであるピアノの飯田橋、それにベースの藤原の三人が一足先に函館へ行き、ジャズクラブの人たちに挨拶をし、細かな打ち合わせをすることになった。

店の中を見ると、客が二人、三人と姿を見せ始めた。巌男が、帰ろうか、と思っているところに、きょうの演奏グループのリーダー、向井田滋朋《むかいだしげとも》が現われた。

この男は、トロンボーン奏者としては、若手の中で、ナンバーワンの実力と人気を持っている。日本ジャズ界にあっては、珍しく二枚目で、レコードの売行きもなかなかだ。しかし何よりもこの男がジャズ界でユニークなのは、とてつもない中国拳法の達人だということだ。

中国の河南省、嵩山《すうざん》少林寺で始まったと言われるこの中国拳法は、現在中国において、多種多様に分派している。その源流である少林拳は、大きく、南派と北派に分けられ、南派は主として、動きが小さく、安定した姿勢からの細かい手技を得意とし、北派は、動きも大きく、腕を伸び伸びと使い、走ったり跳躍したり、足技を使ったりと、めまぐるしく動くのが特徴だ。後に、日本に伝わり、形を変え、空手や少林寺拳法となったのはよく知られている。しかし、今でも、少林拳には、知られていない流派や秘技が、世の目を隠れて伝えられているという。

向井田は、北派に属する流派の達人で、並の男なら、五人かかっても、向井田を倒すことはできないだろう。いや、五人なら、瞬《まばた》きをする間に、逆に地面に叩き付けられてしまう。

巌男は、その向井田が、入口のほうをしきりに気にしているのを見て声をかけた。

「入口になにか、珍しいものでもあったかい」

向井田は、不思議そうな顔のままで答えた。

「あ、武田さん。実は妙な具合なんです」

「妙なって……。どうしたんだ」

「店に近づくと、入口のあたりで、ただならぬ気配がするんです。変だなと思いながら、入口のところまで来ると、それが消えてしまったのです。俺が、気配を感じているのに気がついたようにね。人影は見あたらなかったけど確かに誰かいたはずなんだ」

巌男は、あの夜のことや、演奏中の妙な視線のことを思ってゾッとした。

「武田さん。心あたりでも……」

「いや。心あたりはない。しかし、ジャズマンを狙う暗殺者か何かだったら、ジャズマンの値打ちも上がったものだと思ってな」

向井田は、狙われるほど有名になりてえや、とかなんとか言いながら、仲間のところへ行って演奏の打ち合わせを始めた。巌男は、これは、何かある、と、旅を目前にして嫌な気分になった。


関東の冬独特の、冷たく青い空の中を、飯田橋たちは、函館へと飛び立った。

演奏旅行のときは、いくら親しいバンドマンでも、無闇に話しかけたりしないことになっている。皆、神経質になっているから、ちょっとしたことで、思わぬ意見の対立を引き起こしたりして、演奏に影響を与えることになりかねないし、第一、旅の間に、無駄なことをしゃべりまくるのはかなり疲れる。

旅といっても今回は片道一時間か二時間だが、飛行機の中は、ばか騒ぎできる雰囲気でもない。自然と、飯田橋たちも、静かに物思いにふけっている。

サックスの松田は、表面は、いつものニヒルさを取り戻してはいるものの、やはり久し振りに、故郷の北海道を訪れる嬉しさは隠せないらしい。しきりに、窓の外を気にしている。雲がしだいに多くなってきた。東北のあたりだろうか。

飯田橋は、機内を歩き回るスチュワーデスを目で追っている。何かいやらしい想像でもしているように見えるが、実は、今回の演奏のことを、あれこれ考えているのだ。この男は、こういうところで損をする。つまり、外見からは、とてもそんなことを考えているようには見えないのだ。しかし、この男の頭の中には、他人には信じられないくらいのリズムと音譜が飛び交っているのだ。武田巌男は、この男に大きな信頼を感じている。

ベースの藤原は、普段と全く変わらず、むっつりと、機内サービスの週刊誌をめくっている。どこを読む、というのではなくただめくっているのだ。このプレイヤーは、決して派手な演奏はしないが、自由奔放に、鍵盤を駆け回る飯田橋に対し、抜群のサポート力を持っている。演奏中のきっかけを絶対にはずさない。頼もしいベーシストだ。

東京を飛び立って一時間もすると、もう函館上空だ。ポーンというチャイムとともに、禁煙とシートベルト着用のサインが点灯する。機体がぐらりと傾き、旋回しながら、高度を下げていく。機が雲の中に突っ込むと、ガタガタと揺れた。雲の下は雪だった。足元がスーっと寒くなる気がして、飯田橋は、思わず膝をなぜた。

函館空港には、ジャズクラブの人たちが迎えに来ていた。バンド側のスタッフが楽器を受け取って運んで来て、それを、ジャズクラブの人のバンに積み込む。

松田は、高校時代の知り合いを見つけ、あれこれと話をしている。

バンを含め、三台の車に分乗した一行は、雪の中を湯の川という温泉街にある旅館に向かう。この日は何事もなく終わったようだ。

函館市民会館小ホール。今回の演奏場所だ。三人が泊まった旅館のある湯の川の、ちょうど入口といったところにある。楽屋入りが午後三時、それからリハーサルと、ＰＡの調整をする。

飯田橋が、ノソノソと歩き回り、それでいて見かけよりずっとてきぱきと仕事を進めていく。

巌男はまだ着かない。予定では、リハーサルに間に合うように楽屋入りするはずだった。飯田橋は、しかたなく、三人だけで何度もさらった。しだいに、舞台のソデもあわただしくなってきた。練習しているうちに時間を忘れていた三人は、時計を見てギョッとした。開演まで、あと一時間だ。スタッフのほうの準備は万全だ。あとは巌男を待つだけなのだが……。

受付にいたスタッフが駆けてきた。

「すごい人数だ。この雪だというのに、皆並んで待っている」

飯田橋が言った。

「しかたがない。客を入れろ。寒い所で待たせる訳にはいかん」

そこへ函館のジャズクラブの人が駆けこんで来た。

「大変だ。武田さんの乗った飛行機が……」

「落ちたか」

飯田橋が叫んだ。

「いえ、函館上空が猛吹雪《ふぶき》で着陸できず、千歳へ行っちまったんです」

今度は、スタッフが叫んだ。

「なんだと。札幌へか」

「いま、特急でこちらに向かっているという電話が入りました」

「で、いつ着くんだ」

「列車が函館駅に着くのが、七時近くですから、ここまで来るのには、それから早くて二、三十分……」

「か……開演は六時半だぞ。一時間も延ばすわけにはいかん」

スタッフは青くなっている。思わず、飯田橋を見る。飯田橋は、松田と藤原を見て、それから客席を覗き、むっつりと考え込んだ。

松田と藤原がただ事ならぬ気配を察して飛んで来た。

「どうした」

「武田さんが遅れる。一時間ほどだ」

飯田橋は何事か考えながら言った。開演の時間は徐々に、しかし確実に迫って来ている。

松田と藤原は顔を見合わせた。飯田橋が言った。

「いいか。武田さんが来るまで、なんとか持たせるんだ。といっても、肝腎のドラムがいない。全員がフリーソロを取る。ドラムはしかたがないから、俺たちでセットしておく。武田さんが、飛び込んで来てすぐ演奏できるようにしておくんだ」

スタッフは、一斉にドラムの組み立てに走った。三人のプレイヤーは、いつも見ているセットの位置関係――スネアの高さや、タムタムの位置などを、ああだこうだと思い出しつつ指示をする。時間ギリギリで、セットし終わる。三人は覚悟を決めた。

「これは、武田巌男カルテットが、ワンマン・バンドでないことを示す、いいチャンスだと思えばいい」

飯田橋が言った。

幕が上がった。拍手が起こる。登場し、位置についたメンバーを見て、ざわめきが起こった。ドラマーが姿を現わさない。ドラムセットがスポットを浴びて冷たく光っているだけだ。そのざわめきを蹴散らすように、松田のテナーが吠えた。

フリーソロに突入する。指がキーを激しく動かす。高低の音を、フルに駆け回る。それに、飯田橋がからむ。そして藤原のベースが入る。

あっけにとられていた聴衆は、次第に、演奏に吞まれていった。いい雰囲気になって、ようやくほっとした飯田橋は、高音域でさかんに松田をけん制し始めた。松田は、最高音まで登りつめ、そこから一気に低音へ落ちてブレイクになった。拍手が起こる。

飯田橋は、数曲のスタンダードナンバーのテーマを出しては引っ込め、出しては引っ込めした。客は、見事に反応した。突然、飯田橋がブレイク。藤原のベースソロに入る。バラバラとした変拍子から一変して、四拍《フォービート》のウォーキングベースを始める。客は乗り始め、手拍子を打ち始める。それに合わせ、ウォーキングベースをしばらく続けた後、彼は急に倍テンポになり、そしてまた、フリーフォームになった。客席はシンとなって聴き入っている。続いて、彼は弓《アルコ》を取り出して演奏し始めた。

それを聴き止めた飯田橋は、即興で静かに伴奏を付けていく。しだいに、メロディーラインにピアノが食い込んでいき、ベースが後ろに回る。ベースが止《や》む。拍手が入る。ピアノソロだ。一番時間をかせげるのは、ピアノのソロだ。飯田橋は、たっぷり時間をかけて、ソロを盛り上げてゆく手段に出た。

その頃巌男は、列車を駆け降りて、函館駅を飛び出していた。東京の靴のまま、雪の上へ駆け出た巌男は、そのまま、足が宙に浮くのを感じた。次の瞬間、目の前がグラリと傾き、空が見えた。見事に尻餅をついたのだ。

照れている時間はない。ツルツル滑る足元に閉口しながら、駅前のタクシー乗り場にたどり着いた。

タクシーは、市民会館へ向かう。

「ちきしょう。何だって雪なんか降るんだ。ああ、尾骶骨が痛い。吹雪くらい何だってんだ。しゃにむに、着陸すりゃいいものを、あの機長め、札幌に妾でもいるにちがいない」

冷静さも何もあったものでない。

「もっと飛ばしてよ、運転手さん」

「あんた。雪道のこわさを知らないの。これ以上飛ばすと、俺と心中だよ」

言われて気づくと、さかんに後輪が横滑りしている。巌男はゾッとして静かになった。

五稜郭の交差点を、ものすごい勢いで通過し、函館競馬場横を過ぎ、市民会館に着いた。

巌男は入口に駆け込んだ。ドアを開けると、少しばかり雰囲気が違う。どこかの交響楽団がブラームスを演奏していた。そこは、大ホールのほうだった。

ホルンがとちるのを耳に止めながら、そこを飛び出し、小ホールの入口を探した。楽屋への入口がわかりにくい。いきなり客席に顔を出してしまった。飯田橋が勇敢にもソロを取っていた。

いくら、客が寛容とはいえ、そろそろ飽きが来ていた。がぜん客の反応も鈍くなっている。しかたなく飯田橋は、最後のクライマックスに来るところだった。

巌男は、前後を忘れた。夢中で、客席から舞台に駆け上がった。もう、外聞も何もあったものではない。

客も、飯田橋も、松田も、藤原も、スタッフも、一瞬唖然《あぜん》とした。次の瞬間、喚声が起こる。

巌男はドラムセットの位置を正して、飯田橋の出すきっかけを待った。

ピアノが、高音部へ展開していった。その頂点で、巌男のスネアとフロアタム、バスドラムが鳴り響いた。

飯田橋が疲れている。そう読んだ巌男は、一気に勝負に出た。狂ったように叩き、ペダルを踏みつけた。飯田橋の引き際を作ってやり、ピアノをブレイクにしておいて、ドラムソロに突入した。

武田サウンドが響き渡った。あっという間に客が熱気を取り戻した。

ソロの途中で、巌男は、松田に目くばせをした。スネア、フロアタム、タムタムと流れる連打から、トップシンバルの一打とともに、サックスが飛び込んでくる。しばらく、デュオがあった後、松田が短く『朝日のようにさわやかに』のアタマを出す。次の瞬間、パッと飯田橋と、藤原が飛び込む。十八番の曲だ。

巌男は、武田イディオムをフルに使いまくった。飯田橋も、松田も、藤原ものびのびと演奏した。

一曲終えて、休憩を取り、ドラムのチューニングをやり直し、後半に三曲やった。スティック一本をへし折り、ブラシを一本バラバラにして演奏は終わった。

演奏の後は、恒例のドンチャン騒ぎだ。函館ジャズクラブの人が一席設けてくれたのだ。全員躁状態で、飲めや歌えの大騒ぎである。

「きょうの演奏は大ハッピー、日本一だ。いや世界一だ。ねえ、武田さん」

ジャズクラブの人たちが、しきりにそう言った。巌男はニコニコしながら飲んでいる。

「ねえ武田さん。もうこわいものなんてないですね。怪物が甦《よみがえ》ったんだ」

武田巌男はへへへと笑い始めた。

「武田巌男カルテットは天下を取るぞ――」

巌男はギャハハハと笑い出した。

むこうでは、松田や飯田橋が騒いでいる。

「こら、松田。こっちへ来い。おまえ、函館に女の一人や二人いるんだろう」

「そりゃあね。あ、飯田橋さんそんなに酔っぱらって、大丈夫ですか。抱きついてきちゃだめだ。人が居ます。どうか人の居ないところで……」

そのうち、ジャズクラブのある人がこんなことを言い始めた。

「ぜ、是非とも上杉トリオと対決して、あのトリオを叩きのめしてください」

「コンバットだね、まるで」

巌男は、冗談で受け取る。

「俺たちは、上杉トリオ対武田カルテットの六十分三本勝負が見たいよォ」

泣き出した。

「そうだ、そうだ。あいつら、武田カルテットが恐ろしくて、ヨーロッパへ逃げたんだ。武田さん。やってください」

「心配するな。ルックスでは俺たちが勝っている」

飯田橋が叫んだ。

「勝負というのは、機が熟すれば、自然と舞台ができ上がるものだ。いいから飲め、歌え」

全員ベロベロでお開きになった。這《は》うようにして、道路に出て、タクシーを拾おうとした。行き過ぎる車の中から空車のタクシーを探した。北海道のタクシーは、東京とちがい、四人乗りの小型車が多い。四人は二組に分かれなければならなかった。スタッフは先に旅館に引き上げている。まず、比較的まともな藤原が、正体のなくなった飯田橋を連れて最初のタクシーに乗り込んだ。

次のタクシーを探していた巌男は、背筋がゾクリとして、思わずあたりを見回した。あの視線だ。誰かが、どこかでじっと巌男を見つめている気がした。

「まさか、ここは北海道だ。東京でならまだしも……。俺はどうかしてる」

そう思ったとき、松田がタクシーをつかまえた。巌男はあたりをキョロキョロ見ながら車に乗り込んだ。まわりでは、ジャズクラブの人たちが万歳をして、巌男たちを見送っていた。巌男は、笑顔でそれに応えたが、その目は笑っていなかった。

次の日、彼らは全員二日酔で東京に戻っていた。

函館で、あんなことがあって以来、武田カルテットは、一層ガッチリと固まった感じだ。とにかく、誰もが、積極的……というより戦闘的にソロに食い込んでいくのがよくわかった。いい感じだった。こうならなければ、桁はずれのパワーを持つ巌男のドラムは出る幕がないのだ。それともうひとつ。皆、時間に正確になった。

彼らは、相変わらず、西荻窪や新宿で演奏活動を続けていたが、このグループは前にも増して強力になった、という噂が広がり、高円寺あたりのライブスポットでも出演するようになった。

そんな頃、ジャズ喫茶の老舗《しにせ》とも言うべき新宿の「ＪＪハウス」では、こんな会話が交わされていた。

「上杉京輔トリオ帰国ワンウィーク・セッションか」

「でも今年は、ジャムはやらないそうだ。トリオはトリオだけで演奏し、ステージを別にして、他のグループを出演させるというならオーケーだそうだ」

「去年は共演もしたのに、今年は嫌というわけか」

「まあ、考えてみれば、一緒にやる人間を探すのは難しい。パッラ（金管楽器）かなんかに限られるね」

「スーベ（ベース）という手もある」

「あのグループとどうやってやるんだい」

「まあ、ここ二、三年の彼の人気はすごいからね」

「本を出して、ずいぶん売れてる。今や、ジャズを知らない人でも上杉京輔の名は知ってるんだ」

「テングになっているのか」

「いや、そうじゃない。トリオを固めたいんだろう。もうひとつ自信を持てないのかもしれん。しかし、ステージを分けるとなると面白味、半減だな」

「トリオに自信がないって、やっぱり、武田が抜けたからかい」

「もちろん、そうさ」

「一緒にやるのがだめとなると、強力なグループをぶっつけて対決させるという形にせざるを得んな」

「いいことがある」

「なんだ」

「なんだい。乗れそうな案かい」

「ああ。相手のグループは、こちらで、自由に選べる訳だ」

「うん」

「そうだ」

「スケジュール表を見ろ。セッションの最終日は第三土曜日だ。第三土曜日のレギュラーは誰だ」

「あ」

「どうだい。武田巌男カルテットをぶつけるんだ」

「あ」

「むむ」

「どうだい。どちらにも断わる理由はない。かつての上杉トリオのファン、そして新上杉トリオのファン、武田カルテットの新しいファン、これら全部集められる訳だ」

「おまけに、プロレスでも見るつもりの野次馬ファンを集められる」

「お前ら、動機が不純だよ。しかし、どっちもいい演奏するだろうことはまちがいないな」

「その通り。こりゃ、商売っ気抜きで楽しみだ」

「全く」

「よし、決まりだ」

「残りの六日間は」

「そいつは簡単だ。上杉の希望も少しは取ってあるし」

「来月が楽しみだ」

巌男は何も知らず演奏活動を続けている。そんなある日、西荻窪のジャズ喫茶、テイク・ジャムのマスターから巌男の家に電話があった。彼は巌男たちのマネージメントを引き受けている。

「巌男ちゃんかい。いい話だよ」

妙にうきうきしている。

「今度のＪＪハウスのゴトシ（演奏）ね……」

「今度……？　あれ、今回は、上杉さんたちのセッションが入るから、休みじゃないの」

「たしかに上杉トリオのワンウィーク・セッションだけどね……」

そこまでマスターが言った時、巌男の背に、ツンと冷たい快感に似たものが走った。

「最終日は、武田カルテットをぶつけようという訳さ。ウヒヒヒ」

巌男は、ついに来るべきものが来たか、といった気分だった。芸大出身の、手先が器用なだけのドラマーを超弩級に育てたのは、この上杉トリオだと世間は思っている。なぜか巌男は、怪物三人組が、二つのグループに分裂した時から、この激突が当然起こると思っていた。と同時に、この瞬間、彼らしくもない自信喪失に襲われた。それは、掌《てのひら》と腋の下を冷たく濡らす恐怖に似ていた。

「俺は、あのトリオを恐れているのか」

電話を切りながら、彼は考えた。未だに影響を受けているのは確かだ。しかし、今やっている事は、上杉トリオとは全く違うはずだ。函館のファンも、それは認めてくれたではないか。彼はそう思う反面、自分のスタイルは、そのまま上杉トリオでのスタイルであるような気がしてきた。

「ばかな」彼は思った。「リーダーの俺がこんな事でどうする」ニヤリと笑ってみた。

「それに、俺のドラム・テクニックの底には偉大な力が隠されているのだ」

その笑いの意味、自信の秘密は誰にもわからない。

「ようし、勝負だ」

巌男はがむしゃらにグループの深夜練習を始めた。

ジャズの勝負といっても、プロレスやボクシングではないのだから、相手がグロッキーになってしまう訳ではないし、歌謡曲のように、ナントカ大賞を奪い合う訳ではない。勝敗なんて、正確には誰にもわかりはしない。個々人の見解の相違というのもあるはずだ。しかし、二つのグループが力いっぱい演奏する時には、プロレスやボクシングに似た快感を、演奏者が感じ、熱狂を観客が感じる。そして、演奏後は、不思議と、ああ、きょうはあのグループの方が良かった、という気がするものだ。それは、明らかに勝負として見ることができるし、そのほうが楽しみが増すのだ。

練習は、細かいフレーズをばしばしと決めていく一点に絞られた。同じリフを何度も繰り返すのだ。ジャズ界では、ドラマー中心のグループは成功しにくいと言われている。ジャズ演奏のかなめは、やはりドラムであって、一般には初めから終わりまで鳴りっぱなしだし、どんな楽器より強力だ。そのドラムが演奏の主導権だけでなく、グループの主導権まで握ってしまうと、どうしてもドラムだけが前面に出て来てしまうからだ。巌男は、それを知っているだけに、飯田橋のどんな小さなフレージングも聴き逃すまいとした。演奏者同士が反応し合わない音楽はジャズではない。

初めのうちは「もう一度いこうか」という巌男の声が優し過ぎるほどの猫撫で声に聞こえていたが、二時間、三時間と経《た》つうちに、どうしようもなく厳しく聞こえて来るのだった。巌男は、情け容赦なくストップをかけた。どんなささいなズレも、ミスも聴き逃さなかった。巌男の耳を誤魔化すようなミスをやってのけるのは、ミスをせずに演奏するより数倍難しい。

メンバーもよく耐えた。というより、皆、積極的だった。上杉トリオとのセッションという勝負を目前にして、武田一家の身内であるという感激に浸っているようでもあった。一度の中断もなく、一曲を終えることができた時は、全員で、ワーワー泣いて喜びあった。

「さて、きょうはこのくらいにしようか」

汗まみれの巌男が言った。全員、ホッと吐息をもらす。練習場所は、西荻窪のティク・ジャムだ。

「軽く一杯やっていかない」

ＰＡを片付けさせながら、マスターが声をかけた。

いつもなら、どんちゃん騒ぎになる顔触れと時間帯だが、さすがに、明日の特訓を意識して、酒は進まないようだ。ただ飯田橋だけは平気な顔で飲み続ける。上杉トリオとのセッションは、一週間後に迫っていた。

そんな深夜練習が続き、セッションの日も間近いある日のこと、いつものように、深夜の西荻窪の商店街を歩いていた巌男は、また誰かに尾行されている気がした。

「練習に夢中で、すっかり忘れていたのだが、いったい何者だ。もう気のせいばかりにもしていられない」

巌男は独語した。

彼は、つけてくるならその男を遣《や》り過ごして正体を見てやろうと、角を曲がって、物陰に身を隠した。そっと、今来た道を窺《うかが》う。人間の姿はどこにも見あたらない。この寒さで猫もいない。

「やはり気のせいなのか」

わざと声に出してつぶやいてみて、歩き出した途端、目の前にフラリと一人の男が現われた。腰が抜けるほど肝をつぶした。あやうく、ギャッと叫ぶところだった。

「武田巌男さんですね」

巌男は声が出ず、普段でも大きい目を、飛び出さんばかりに見開いたまま、小刻みにうなずいた。

瞬間、頭の中が細かく分割され、運動会が始まった。「短い一生だった」「交番はどこだ。あの角か。いやあそこだったか」「こんな時、ハメットの主人公はどうしたろう」「チャンドラーなら……」「はるかな昔、同じようなことがあった」「死にたくない」「あの時、俺はどうしたろう」「殺される！」

頭の中をさまざまな思考が駆け回った。

その男は、ハンフリー・ボガート風に、トレンチコートの襟を立て、目尻に皺《しわ》が寄るように目を細め、ソフト帽を目深《まぶか》にかぶっている。

彼はもう一度言った。

「武田巌男さんですね」

脳細胞が、巌男の口から、一つの言葉を絞り出させた。

「何でしょうか」

ほとんど声になっていない。

「私、あなたを愛しています」

巌男は再び仰天した。その言葉の意味を理解しかねた。

「あ、あ、あ。それは、どういうことですか。暗に、僕を殺そうということではないですか。例えばアムールとアモールという洒落《しゃれ》た隠語であって……」

「それは、ちかいいます」

相手は、大陸訛《なまり》があった。

「でも、僕には妻が居ます」

　何を言っているかわからなくなってきた。

「それもちがいます。あなた、それ、早とちり。私、あなたのトラム愛しています。

私、殺し屋、ちがいます。私、男色家ともちがいます」

「殺し屋じゃない？　では、そんな紛らわしいかっこうで、真夜中にフラリと現われてもらいたくないな」

「殺し屋、ちがうけれとも、私にも、私の事情あります」

「今まで、僕をつけまわしていたのは、あんただな」

「その通りてす」

「い、いったい、あなた、誰ですか」

「よく聞く。私、『生かし屋』」

「イカシヤ？」

「そう。『生かし屋』」

「た、確かに、そのスタイルはいかしているが……」

　御世辞のつもりだ。

「それ、ちがいます。生かす、殺すの生かし屋」

　やっぱり殺し屋の親類か、と厳男は嫌な気分になった。

「で、その生かし屋が僕に何の用ですか」

「用があるのは、私の方、ちかいます。それ、きっと、あなたの方」

「僕は別に、あなたに用はない」

「今に用ができます。私、命狙われている人の命、必ず助ける。これシコト。たから、並の殺し屋より、腕はずと確かね」

　生かし屋は、物凄い笑顔を見せた。巌男はゾッとした。

「一仕事《シコト》で、お金たんと取るよ」

「待ってくれ。僕は誰にも命など狙われていないし、身に危険が迫っている訳でもない。第一、ジャズマンの懐に、あなたを雇う金などある訳がないでしょう」

「あなた、そう思う、それ結構。でも、あなた、近いうちに上杉トリオとセッションやるね。私、そのこと恐れて、ずとあなたの後、つけていた」

「それがどうかしたのか」

「殺意というのは、何も個人のものとは限らない。上杉はいい人。でも、彼の愛好者、血の気、多いのたんといるね。あなたの愛好者も同じこと。それから、私、あなたのトラム愛している。あなたから金取ろう、思わなくとも、世の中、私に金くれる人、たんといる。金などいらない。私、金より、あなたのトラム、偉大思う。これ男の友情よ」

「この場合、友情というのは、変だが、あなたの言うことは、わかる気がする。だけど僕には、信じられない。今まで、そんなことは一度もなかった」

「ま、いいてしょ。セッションの時、何もかもわかる。ても安心するのこと。いつても、私、ついている」

「それは、ありがたいが、いったい、何が起こるというのだ。いったい、あなた誰ですか。何のために、現われたんだ？」

生かし屋はニヤリと笑った。

「私、あなたのトラム、たたものでないこと知っている」

「ただものでないことを知っている？」

巌男はハッとした。生かし屋はそう言うと、あっという間に姿を消した。

「ただものでないことを知っている」

巌男は、もう一度繰り返して言ってみた。


次の夜の練習に、トロンボーンの向井田滋朋が顔を出した。練習場のテイク・ジャムで演奏があったらしい。

巌男は、いいところに向井田が来た、と思った。練習を終えたところで、巌男は、彼を誘って小さな店へ入った。

「痩《や》せましたね。試合に備えて、ウエイト・コントロールですか」

向井田は頬《ほお》のこけた巌男の顔を眺めて言った。この一週間で、三キロは確実に減っている。

「なあに、今まで、ふやけていただけさ」

「いい感じでしたね、きょうも。まったく凄《すげ》えタイコだ」

「実は、その僕のドラムのことなんだが」

巌男は、そこで、言葉を区切って、水割りを一口飲んだ。向井田は、表情を変えず、巌男を見ている。

「おまえほどの腕なら、ひょっとして、見抜いているかも知れないと思ったのだが……」

向井田は、そう言われて、訳がわからないながらも、少しばかり気分の良さそうな顔をした。

「いや、ジャズの腕ではなく、中国拳法の腕のほうだが……」

向井田は、ますます訳がわからないながら、ちょっと傷ついた顔をした。巌男は構わず続けた。

「おまえ、秘宗長拳という拳法を知っているか」

「……」

「別名を、迷踪《めいそう》派とか、燕青《えんせい》拳とか言うそうだが」

「それなら知っています。『水滸伝』に出てくる燕青が始めたという伝説のある門派でしょう。でも武田さんがそんな事を知っているとは思わなかった」

「もちろん、創始者が燕青であるというのは伝説に過ぎんが、この拳法は、山東省や、河北省あたりで、盛んに行われていた。近代でも名人が居たそうだが、数ある少林拳の門派の中でも、伝承者が少ない門派だそうだな」

向井田は、あっけにとられている。巌男は続けた。

「この、流派の型を、おまえ知っているか」

向井田は、ポカンとした顔のまま口を開いた。

「以前に一度だけ見たことがあります。武田さんの言うように、この流派は、伝承者が少なくて……。中国拳法では、型とは言わず拳套《けんとう》と言いますが。燕青拳の拳套は、いわば秘伝とされていて、例えば、俺のやる北派少林拳の羅漢拳に属するものは、運動線、つまり移動する足運びが、横一直線なんですが、燕青拳に伝わる拳套は、それこそ、蜘蛛《くも》の巣のように縦横無尽で……」

そこまで話した向井田は、じっと自分を見ながらうなずいている巌男を見て、これ以上の説明は無用と判断し、巌男に話を譲ることにした。

「それで？」

「うん。これから言うことは、まだ誰にも話したことはない。別に隠す理由もないのだが、誰にでも営業上の秘密というものがある。だから、これは僕とおまえだけの話にしたい。僕は、おまえの中国拳法の腕を見込んで話すのだから。いいな」

　向井田はうなずいた。

「僕が上杉トリオに居た頃……そう、数年前になるが、肝臓を患って入院したのは知っているな」

「ええ」

「そこで、ある中国人の老人と知り合ったと思ってくれ」

　そこでまた一口、水割りを飲んだ。

「僕は実はドラマーだが、どうしても、自分で思うような強力なドラムを叩けない、そう、その中国の老人に、グチをこぼした」

　向井田は、びっくりした。今、武田巌男の人間離れしたドラムテクニックの秘密が明らかにされようとしていたのだ。

「その老人は、にこやかに、『それではいい事を教えてあげよう』と変な手の動きや、足の動きを、来る日も来る日も、僕に教えたのだ。独特な呼吸法も教えてくれた。僕は、半分、退屈しのぎにそれを教わっていたが、そのうち、手足と呼吸が、何かのはずみで一致した時、手足が、シュッと空気を切る動きをするようになった」

　向井田はゴクリと喉《のど》を鳴らし、ふと気がついたように、グラスを口に運んだ。

「そんな頃、僕はよくＪＪハウスに、僕のトラ（エキストラ）を見に行くようになった。病院を抜け出してな。今に見ていろ、という気分だった」

「思い出した。そう言えばよく来てましたっけね」

「そんな練習が続いたある日――もっとも、僕はそれが何であるか知らず、老人に言われる通りやってたのだが――老人が、『これから私のやる動きをよく見なさい』と言って、秘宗長拳の拳套を見せてくれたんだ。それは凄かった。まともに歩けるのか、と思えるほどの老人だが、まるで鬼神が乗り移ったような気迫だった。後に、ヒョンなことから、それが中国拳法の一派であることを知ったのだが……」

「それで、その老人は何者ですか」

「わからない。拳套を終えると、『どうも西洋医学は、体に合わん』と言っていたが、その次の日に、亡くなったと聞いたんだ」

「中国の門派は、絶対に門外の者に術を見せたり、伝えたりしないものです。スポーツ化した日本の武術と違い、兇器そのものですからね」

「そうらしいな」

「その老人はもしかして、いや、確実に自分の死を予感していたのです」

「そうだろう。退院してから初めてドラムを叩いた時、そのはじけるような強力さに、自分でびっくりしたほどだった」

「そうだったのか。知らなかった」

「そうか。おまえほどの腕の人間にも感じ取れなかったか」

「それは当たり前です。失礼だが、武田さんは、その燕青拳をマスターした訳じゃ、決してない。そんなに一朝一夕で、マスターできるもんじゃない。その、ごく一部の基本的なところを、自分のテクニックのヒントにしたに過ぎないでしょう。それに武田さんのテクニックは芸大でばっちり身に付けたものだし……。わかる訳がない」

　多少語気を強めて向井田が言った。

「確かに、その拳法をマスターしたとは思ってもいない。現に、僕は今も、拳法のケの字もできん。しかしだな……」

　巌男の目が光った。

「しかし、現実に、誰かが僕のドラムの中の秘宗長拳を見抜いたとしたらどうする」

「そんなばかな」

　向井田は相手にできないといった風に否定する。拳法の達人というプライドがそうさせたのだろう。

「その通り。僕に、あんなに短期間に、手足の動きと呼吸法を伝えることのできたあの老人も大変な達人に違いないが、それを見抜いた男というのも、大変な使い手だろう」

「もし、それが本当の話だとしたら、俺なんか比べものにならない達人です。しかしですねえ、そんな人間が、この日本に居る訳がない」

そうか、と言ってしばらく考え込んでいた巌男は、昨夜出会った「生かし屋」の話をした。普通の人間なら一笑に付す話だが、向井田の顔色は失《う》せていった。

「そう言えば、あの時のテイク・ジャムでの不思議な気配……」

巌男はうなずいた。

「その男が、殺し屋でなく、武田さんの味方で本当によかった」

「問題なのは、上杉トリオとのセッションで何が起こるか、だ。殺し屋が来るのか。まさか、いかに『生かし屋』であっても、天変地異を予言することはできまい」

向井田は、しばし考えた後、手の中のグラスを見ながら言った。

「その日は、俺も行きましょう。その生かし屋というのもこの目で見てみたい」

「簡単に姿を見せるとも思えんが」

「まあ、それは何か起こってからですね」

巌男も覚悟を決めた。

「その生かし屋が中国拳法を使うというのは、僕の推測でしかない。ただ、その男は、僕のドラムが、ただものでない事を知っている、と言っただけだ。ひょっとしたら、全く別なことかもしれない」

「でも、それ以外に、心当たりはないのでしょう」

「それはそうだが」

「とにかく、あの気配。そいつこそ、ただものじゃないことは確かですよ。何もかも、セッションの日にわかります。何だか、わくわくしてきたな」

先程までの、恐怖の面持《おもも》ちもどこへやらで、向井田は妙に嬉しそうな顔をした。

「おまえ、その日、演奏《ゴトシ》はないのか」

「なあに、あってもトラを使うか、カルテットでやらせますよ」

「ひどい奴だな。仕事《ゴトシ》より拳法かい」

新宿ＪＪハウスでは、すでに上杉京輔トリオ・ワンウィーク・セッションが開催されていた。連日、大入り満員で、ＪＪハウスの人間は、笑いがとまらない。さらに、このセッションの最終日には、最大の呼び物、武田巌男カルテットとの対決があるのだ。

ジャズ・フェスティバルなどでは、当然顔を合わせることもあるだろうが、なかなか、これほど演出効果のある対決はあるものではない。客もセッション期間中最高の入りとなるだろう。狭いＪＪハウスから、人が溢れ出すことは容易に想像できるし、おそらく、その想像は外れないだろう。しかし、それがどんな恐ろしい結果を生むかは、誰にも想像はできなかったのだ。

そして、いよいよ、武田巌男カルテット対上杉京輔トリオ・セッションの日がやって来た。二月二十六日、季節の割には、妙に生あたたかな夜のことだった。店を開けて客を入れるのは、午後六時半頃なのだが、その一時間前の五時半には、すでに百人のジャズファンが、店の前に列を作っていた。誰一人として興奮していない者はない。JJハウスのある、新宿の一角は、異様にギラギラとした熱気に包まれていた。それは、戦いと殺戮《さつりく》を待つ緊張に似ていた。

その列の前に、武田巌男が姿を現わした。戦いのヒーローを見る視線が集中する。巌男の目も、妙にぎらぎらしている。上杉トリオを去って以来久しく絶えていた目の輝きだ。巌男も燃えている。

巌男が店に入ってしばらくすると、巌男のリハーサルの音が、店の外まで聞こえてきた。並のドラマーが、懸命になって叩くドラムソロぐらいのことは、軽くリハーサル程度でこなしてしまう。心憎いばかりのテクニックと力量だ。その背景には、中国拳法の秘伝である秘宗長拳が隠されていることなど誰も知らない。知る由もないのだ。ただ巌男のドラムに揺さぶられ、狂喜するだけで、十分過ぎるほど十分なのだ。ただ、その秘密を知っている者がこの世に二人、知っているらしい者が一人、存在するのだ。そして、その知っているらしい一人の存在を、知っている二人、つまり巌男と向井田がじっと警戒しているのだ。店の中で、向井田は、興奮と期待に目をうるませていた。

それは、他の目から見れば、単に今夜のセッションに対する期待と受け取れただろう。ただひとり、巌男だけが、その心の中を知っていた。

　午後七時三十分。開演時間を三十分過ぎた。客がじりじりし始めた頃、すっと照明が暗くなり、ステージにスポットが当てられた。客席の奥の控室から、客の間を縫うようにして、いよいよ武田巌男カルテットの登場だ。一《ワン》ステージ目は巌男のグループで、二《ツー》ステージ目が、上杉トリオの演奏なのだ。客席がドッと沸く。

　巌男は、照れ臭そうな笑顔で、ドラムセットに腰を降ろした。全員の準備を待つ。スティックを取り、巌男はハミングで、曲のテンポを示した。次の瞬間、音の洪水だ。この瞬間が、武田巌男カルテットのたまらない魅力のひとつであり、ジャズ生演奏の楽しみなのだ。

　巌男のグループは飛ぶように演奏した。早くも飯田橋は椅子の上でジャンプを始める。飯田橋の指が鍵盤の上を駆け回っているのがよくわかる。右手の中音域から、高音域にかけて、さかんにフェイントをかけ、突然、左手で真っ黒い低音の固まりをぶっつけてくる。その音団には藤原のベースの三連符がからまっている。トップシンバルのレガートを一時はずして、巌男は、タムタム、スネア、フロアタムの連打で誘いをかけ、バスドラムの三連打でそれに応えた。それに触発されたように、松田のサックスが、最高音へ登りつめる。ソロをサックスから、ピアノへ渡す。巌男は、モニターのスピーカーを振り向く。ブレイクになった松田が、スピーカーを近づける。ピアノの音が、巌男まで届かなかったのだ。巌男はじっと飯田橋をにらみ始める。飯田橋は、躍るように身をくねらせる。肩から腕にかけての筋肉が、生き物のように動き回る。その躍動が、八十八の鍵盤から、音に変わって、放射される。一度テーマにもどってから、飯田橋は、低音域と中音域から最後の猛攻を浴びせた。その攻撃は藤原のベースとの連合軍だ。

巌男も両手をフルに動かし、両シンバルとスネアで防御しつつ、バスドラムを踏み鳴らし、ソロの体勢を整える。

飯田橋と藤原が止む。ドラムソロだ。巌男はフルスピードで飛ばした。スティックの先が速過ぎて、完全に目に止まらなくなる。叩き出される澄んだ音と、バスドラムの地響きが、店中にはね返り、壁がビリビリと震動する感じだ。武田サウンドが駆け回る。

ハイハットが叫び、同時にピアノ、ベースが飛び出した。サックスがテーマにもどる。テーマを二回繰り返して、トップシンバルの一打で一曲目は終わった。

猛烈な喚声と拍手が起こる。

巌男たちはバラードを一曲間にはさみ、再び、フル・スピードで演奏をした。店の中はどす黒い熱気が渦を巻いている。巌男は、ソロの途中、またバキリとスティックを叩き折った。破片が宙を舞う。バスドラムの衝撃波で、最前列の客を、コテンパンに叩きのめして演奏を終えた。

同時に、大喚声と拍手の嵐だ。巌男が立ち上がって挨拶をする。もうすでに巌男の持ち時間を過ぎている。メンバー紹介の声も、喚声と拍手でかき消されそうだ。そのうち、拍手が、アンコールを求める手拍子に変わった。それは怒号のようにさえ聞こえた。飯田橋に時間を尋ねた巌男は、しばし考え込んだ。このままやると、上杉トリオの時間に食い込みかねない。しかし、アンコールを求める拍手は、止みそうにない。彼は意を決したように、再びドラムセットに腰をおろした。

手拍子に合わせて、トップシンバルを軽く叩き始め、それにバスドラムが加わり、フロアタムの一打で、松田のサックスが、最後に演奏した曲のメロディーを吹き始めた。喚声がどっと高まる。テーマをしつこく繰り返した。客の手拍子が、バッチリとダウンビートで入る。テーマを繰り返して終わりにしようとしたところ、また、アンコールの拍手が続いた。苦笑していた巌男は、ようやく雰囲気が異常であることに気づいた。客が過熱している。いくらエキサイティングな演奏を聴かせても、未だかつて、なかった雰囲気だ。

巌男はその時、喚声とは別種の叫び声を聞いた。

「京輔を早く出せ」「武田、引っ込め」その声もしだいに高まりつつあった。ロックやフォークのコンサートならいざ知らず、ファンがプレイヤーを大切にするジャズの演奏会では全く考えられない事だ。店の中は、混雑を予想し普段より椅子の数を減らしたため、半分以上の観客が立ちっぱなしだ。彼らは身動きもとれないくらいギッシリと詰め込まれていて、店の中は異様に暑苦しくなり、疲れもあって、かなり苛立《いらだ》っているらしい。二種類の声が店の中で飛び交った。そのうち店の一部で観客同士が衝突を始めた。武田ファンも、心無い上杉ファンの声にカッときたらしい。初めは野次り合いだった。

「上杉トリオを逃げ出したくせに。さっさと引っ込め」

「上杉は、なぜ武田と演奏《や》らないんだ」

「上杉顔を出せ。武田の演奏を聴きに出て来ないのはどういう訳だ」

「おめえら、趣味が悪いんだ」

「おまえたちこそ、上杉の軽薄文化圏に踊らされているだけだろう」

異常な興奮が裏目に出てしまった。燃え始めた怒りと憎悪は、しだいに膨れ上がった。ＪＪハウスの従業員は、なす術《すべ》もなく蒼《あお》くなっていた。それもそのはずだ。こんな事件は今まで皆無と言っていいのだから。武田グループの連中は、茫然《ぼうぜん》とステージの上に立ち尽くしていた。控室へ戻るには、客の中を通らなければならないのだ。今、客席の中へ行くのは、炎の中に飛び込むのと同じだ。巌男は、客席の後ろに緊張した顔で立っている向井田を見た。目が合った。「どこかに、『生かし屋』が来ているはずだ」二人は同時にそう思った。

野次り合っていた客は、しだいに自制心が利《き》かなくなり、つかみ合いを始めた。ここでようやく、店の者たちは、喧嘩を止めに入ったが、衝突は店中で始まっており、かえって火に油を注ぐ有様だった。そのうち、つかみ合いが、殴り合いになった。警察へ電話しようと店の者が電話のところへ行ったところ、二、三人の男が電話を引きちぎり、客席に放り投げた。ピンク電話は、放物線を描き上杉ファンに殴りかかろうとしていた武田ファンの頭の上へ落ちた。その男は、ぎゃっと叫んで倒れざまに、横にいた女性のスカートを引きちぎった。たまたま、その女性は上杉ファンで、倒れた男は、ハイヒールの踵《かかと》で、顔をいやというほど踏みつけられた。テーブルも椅子も滅茶苦茶に倒され、グラスと灰皿が飛び交い始めた。ステージの巌男のところにも、次から次へとグラスや灰皿、靴などが飛んでくる。巌男は、両手のスティックをフル回転させて、正確にそれらを叩き、ことごとく叩き落とした。巌男のスティックのリーチの範囲は、まるで壁を廻らしたように、すべての飛来物をはね返した。目に見えぬくらい速く、しかも正確にスティックが舞っているのだ。巌男のまわりでは、絶えず、スティックに叩き割られたグラスと灰皿が、花火のように、パッ、パッと散っていた。

巌男は、向井田に目配せした。向井田ははじかれたように、騒ぎの中に飛び込んだ。

「できるだけ、怪我をさせるな。これは客だ」

巌男は、スティックを振りながら叫んだが、そんな声が向井田まで届くはずはない。

向井田は二起脚、つまり空手で言う二段蹴りで、前方の二人を倒した。掛捶《かすい》――空手で言う裏拳で左右二方の人間を倒し、踹脚《たんきゃく》――横蹴り、北派少林拳で多用される――で、一度に二人を壁に叩きつけた。向井田の存在に、一瞬客たちはギョッとしたが、次の瞬間、血の気の多いのが五、六人、向井田に襲いかかった。前から来たのを掃腿《そうたい》という足払いの技で転倒させておいて、一方の足だけで高く跳躍し、三六〇度空中で回転し、踏み切った足で後方を蹴る、旋風脚という北派拳術独特の大技で、二人を、あっという間に倒した。左右から来たのを着地と同時に、猿臂《えんぴ》で床に叩きつけた。

騒ぎの中で、ひとり、向井田は舞っているようだった。

そのとき、ひとりの男が、角から、ゆらりと現われ、騒ぎの中を、すいすいと泳ぐように進み始めた。見ると、彼が歩いた後には、放心したような観客たちが、椅子に坐《すわ》り込んでいるのだった。

ようやく、攻撃の的からのがれて、一息ついた巌男は、その男を発見して慄然《りつぜん》とした。

「生かし屋」だ！　巌男は、奮戦している向井田に、大声で何か言いながら、その男を指さしていた。向井田はそれに気づかず、あいかわらず、舞いのような拳法で、バッタバッタと暴徒たちをなぎ倒していた。そして、「生かし屋」も、すいすいと泳ぐようにして暴徒たちを鎮めていた。その男は一本の指で、荒れ狂う男たちの、背や、首筋にすっと触れているだけのように見えた。だが、触れられた者たちは、電流が体中を駆け回ったように、一度のけぞると、放心したように口を開き、だらしなく椅子に坐り込んでしまう。というより、膝がガクリと折れて、尻餅をつくところに、「生かし屋」が、巧みに、散らばっている椅子を拾い上げて置いていているのだった。

ただあばれているだけの観客たちは、向井田と「生かし屋」を認知し、ようやく何が起こりつつあるかを知った。彼らはパニックに陥った。黒い波のように、一斉に、ステージに居た巌男のところへ駆け寄ろうとした。さすがの向井田も、突然の人の流れに、為《な》す術を失った。その時、白い影が、フワリと宙を舞った。次の瞬間にステージが暗くなった。

「生かし屋」が、ライトを蹴り割ったのだ。人の流れは、そこで停滞した。目に見えぬ速さで、再び白い影が、その人々の間を泳ぎまわり騒ぎを鎮めていった。

向井田は茫然としていた。というより、とてつもなく強い存在に対する畏《おそ》れを露骨に顔面にあらわしていた。神を見る目つきだった。

巌男は、黒い波が自分のほうへ押し寄せて来た時の恐怖から、未だ解放されずにいた。「殺意というのは、個人のものとは限らない」という「生かし屋」の言葉が彼の頭の中を駆け回っていたのだ。膝が震え、腋の下は、じっとりと冷たい汗に濡れ、スティックが掌の汗で滑った。顔から色が失せ、額に汗がにじんでいる。

急に目の前が明るくなった。巌男はわれにかえった。今まで消えていた客席の照明を誰かが点《つ》けたのだ。店の中は、静かになっていた。向井田にやられた客が床に倒れたり、うずくまったりしていたが、大半の客は、おとなしく、というより、空《うつ》ろな目を宙に向けて、椅子に腰を掛けていた。「生かし屋」の仕業《しわざ》だ。その中に、サックスの松田の姿も見えたので、巌男はびっくりした。かなり血の気の多い松田は騒ぎの中でわれを忘れ、乱闘に参加していて、「生かし屋」の手にかかったのだろう。

巌男は、はっと何かに気がついたように、「生かし屋」の姿を探した。客席を見ると、同じように、向井田もその姿を求めてキョロキョロしている。

巌男は、ようやくドラムセットから立ち上がった。腰は抜けていないようだった。向井田は、巌男が立ち上がったのを見て、その目的を察し、一足先に、店の外へ飛び出した。つん、と冷たい二月の夜気が体を包んだ。巌男もその後を追ってドアを開ける。二人で、「生かし屋」の姿を探した。

当然のように、その姿は見あたらない。巌男はようやく声を出した。

「彼の言ったことが、ようやくわかった」

向井田はうなずいて、言った。

「あれは達人なんてもんじゃなかった。神と言うべきだ。生まれてこのかた、あんな凄い人間は見たことがない」

「やっぱり拳法の使い手か」

「ええ。拳法の使い手というより、あれは拳法そのものです。拳法の総《すべ》ての要素、総ての技、すべての秘密、それが服を着て歩いているようなものです」

「いったい何者だろう」

「見当もつきませんね……。いや、ずいぶん前に、大変な達人の話を聞いたことがありますが……。もう半分伝説みたいな話で、俺は信じられなかったのですが。なんせ、銃を持った盗賊十数名を一瞬のうちに絶命させたというのですからね。盗賊が、引き金を引いた時は、もう盗賊の心臓は止まっていたというのですから」

「で、名前は」

「ポー老師、と言ったそうですが……」

中国拳法では、年齢に関係なく老師という呼び方をする。尊敬の念が込められているのかもしれない。

その時、闇の中から、くしゃみの音が聞こえた。二人は、その方向に同時に振り向いた。

「やあ、見つかてしまたか」

超達人としては、わりと、ドジな登場の仕方で、「生かし屋」が現われた。

反射的に、向井田は、両手の背を合わせて目の高さまで上げた。合掌を裏返したような形である。

「生かし屋」もゆっくりと、それと同じ形をとった。これは、清代に、少林寺に居たといわれる円性禅師の少林十戒の中に出てくる挙手の礼である。巌男ひとり、訳のわからぬ顔をしていた。

「ポー老師」

向井田は、そう呼びかけた。一か八か賭けてみたのだ。

「ポー？　それ誰のことか。それ、私の知らない人ね」

飄々《ひょうひょう》と「生かし屋」は言った。向井田はその言葉を聞いて、賭けは当たりだ、と思った。自分ですら知っている、半伝説の人物を、これほどの達人が知らないというのは、かえっておかしい。咄嗟《とっさ》に、そう判断したのだ。

「御存知なくても結構です。私は、あなたがポー老師であることを知っているのですから」

「それ、滅茶苦茶な理屈よ」

彼は、穏やかな声で言った。老人が孫に言って聞かせる声だった。

「でも、あなた、それを信じる、構わない。私、武田巌男さんの中に、ポー先生、生きている、そう思うのも、構わない」

巌男はハッとした。病院で昔会った中国の老人を思い出したのだ。

「じゃあ、あの老人が……」

そこまで巌男が言った時、「生かし屋」はウインクして言った。

「誰も、ポー老師のことを知らない。でも皆ポー老師を慕っている。確かなのはそれだけ。あと、誰も何も知らない。これていいよ。これて、私、仕事やりやすい」

どうも巌男には、彼が「生かし屋」などという俗っぽい仕事をしているということが、嘘に思えてきた。そう考え始めれば、いかにも、ハンフリー・ボガート風のスタイルは、それらしくて、かえって嘘っぽいのだ。それは、あくまでも、巌男を欺き、辻褄《つじつま》を合わせるための狂言に違いないと、巌男は思った。もっと深い次元で、物事が進行している気がした。

「さて、そろそろ私、行くよ。客も、そろそろ正気に戻る頃ね」

向井田は、あわてて尋ねた。

「出かけるって、どちらへ」

ニッコリ笑って、「生かし屋」と名乗った超達人は答えた。

「少林寺へ」

「少林寺？」

向井田は、けげんな顔をした。今は、遺跡としてしか残っていないのだ。

「一緒に行くかね」

向井田は無言のまま、狐につままれたような顔をしていた。

達人はホホホと甲高《かんだか》く笑い、言った。

「変な顔することない。少林寺への道は、ほれ、ここにあるね」

自分の胸を叩いた。

「そしてここに」

そう言って、向井田の胸を一本指で突いた。うっ、となって、向井田が前のめりになった。顔を上げた時、彼の姿は、もう無かった。巌男も、向井田がうめく様に気をとられていて、彼がどこに消えたのかわからなかった。

巌男は、まるで別世界の出来事に出っくわした気がしていた。それは、脳髄がしびれるような快感を伴っていた。

しばし、茫然とたたずんでいた二人の耳に、店の中から、上杉トリオの演奏が聞こえて来た。

滅茶苦茶な店の状況の中で、猛然と演奏を始めたに違いない。その上杉京輔のタフぶりが、心憎くも、巌男には嬉しかった。

「ちきしょうめ」

そうつぶやいて、巌男は、ＪＪハウスへ飛び込んで行った。

音の洪水だった。巌男は思わず顔をしかめた。が、それはいつの間にか、笑顔となっていた。

伝説は山を駆け降りた

「俺にだって、夢ぐらいあったんだ」

テナーサックスのリードをなめながら、俺は心の中でつぶやいた。

吉祥寺にある小さな店の、ほの暗い照明の下、がら空きの客席と、見るからに暇つぶしといった感じの客が十数人見えている。

俺のカルテットは、ステージでジョン・コルトレーンで有名な『アフロ・ブルー』を演奏していた。

俺は、プロになって三年ほどのジャズ・サックス奏者で、最近ようやく自分のグループを組んで、なんとか演奏活動を続けられるようになったばかりなのだ。

そんなグループが、オリジナルばかりをやっても客が喜ぶはずはないし、客が喜ばないと使ってくれる店もなくなってしまう。だから、皆が知っているスタンダードナンバーでお茶を濁す訳だが、やはり、自分で作った曲を自分たちで演奏して、それが客に受けるのがいちばん嬉しいに決まっている。

ふと気づくと、ピアノの小林《こばやし》豊《ゆたか》がアドリブ・ソロの三《スリー》コーラス目に入るところだった。

煮詰まっちまってるな。俺はそう思いつつ、サックスで助け舟を出してやる気にもなれなかった。

小林は、不機嫌そうな視線を投げてよこした。ソロの終わりだ。

俺は、テーマを二回繰り返して、ソロをドラムの古河原《ふるがわら》良太郎《りょうたろう》に渡した。

古河原は、懸命になってスネアを連打し始めた。

俺には、この古河原という男が、ドラムを叩くより、月夜に腹鼓を打っているほうが似合いのような気がしてしかたがない。狸が化けているとしか思えないのだ。

その、ひょうきんな古河原だけが、必死で今夜の演奏の雰囲気を支えようとしていた。

ベースの牧嶋《まきしま》克雄《かつお》も、何とか乗れるきっかけをこのドラムソロの最中に見つけ出そうとしているかのように古河原を見つめていた。

しかし大半の客は眠そうな顔をしていたり、俺たちを無視して女の子といちゃついたりしている。

俺たちは誰も口をきこうとせず、ひたすら、曲目を消化していった。どれもこれもさえない演奏内容だった。

ようやく演奏を終えて、俺たちは全員、足どり重く楽屋へ引き上げた。

「きょうは、ちょっとまずかったね」

古河原が沈黙に耐えかねてそう言った。しかし誰も答えようとしない。皆、心の中では同じことを思っているのだ。

「きょうだけじゃない」と。

古河原は、その場にいたたまれなくなったのか、ドラムセットを片付けに、ひとりでステージへ行ってしまった。

牧嶋は、無言でベースにカバーをかけ始めた。俺は、テナーサックスのキーをカチャカチャと意味もなく鳴らし、ピアノの小林は、下を向いたまま溜息《ためいき》を漏らした。嫌な雰囲気だった。誰もが一刻も早くこの場を立ち去りたいと思っているに違いない。ただ、そのきっかけがないのだ。

その時、古河原がステージのほうから、バタバタと駆け戻って来た。

「おい、哲郎《てつろう》。たいへんなお客さんだぞ」

哲郎というのは俺のことで、フルネームは黒野《くろの》哲郎だ。

「何だい、そんなにあわてて。客って誰だ」

そう俺が言い終わらないうちに、古河原の後ろからロマンス・グレーに、粋なサングラスといういでたちの紳士が俺に向かって片手を上げながら現われた。

俺たちはびっくりした。それは、大ベテラン・ピアニストの新井《あらい》まさるだった。

彼は日本のジャズピアニストの草分けのひとりで、マスコミで名の通っている数少ないジャズマンのひとりでもある。俺は、プロになりたての頃、彼の下に付いて、一年ばかり勉強していたことがある。

しかし、この類《たぐい》の連中のやるジャズなんぞムード音楽と大差なく、とても若手ジャズマンの尊敬やあこがれの的となり得るはずもないのだ。俺だって、単にテクニックの勉強と割り切って彼に教えを乞うていたに過ぎない。

とはいえ、やはり有名人は有名人だ。こんな三流ジャズマンしか出演しないライブスポットに顔を出すような人間ではないのだ。

不思議そうな顔をしていた俺に、彼は言った。

「ちょっと付き合わないか。話があるんだ」


「どうだい景気は」

新井まさるの行き付けらしい小綺麗な店へ入り、カウンターのスツールに腰を降ろすと、彼はそう言った。

「ええ、まああです。話というのは何ですか」

まさか、俺などをわざわざ呼びに来て世間話でもあるまい、とやや性急に尋ねた。

「実は、おもしろい話があるんだ。おまえにはトラをたのみたいんだがね……」

トラというのは、バンドマン用語でエキストラ、つまり代演のことだ。

「ほう。しかし、なんで選《よ》りに選って俺なんかに……」

「まあ、聞け。俺がレギュラー出演している音楽番組があるのは知っているな」

「テレビですか」

自慢話か、と少しばかり俺は嫌な気分になった。

「そうだ。その番組に、今度、高崎真也《たかさきまや》という歌手が出演するんだが……」

「高崎真也なら知ってますよ。若手実力派というレッテル付きの、なかなか可愛い女の娘《こ》でしょう」

「可愛いかどうかは知らんが、そいつが、その番組で何をやると思う?」

「さあ」

どうやら、自慢話ではなさそうだ。

「ジャズを歌うんだぜ、ジャズを。しかも俺たちに伴奏させて」

「へえ」

「へえって……。お前、それだけか。歌謡曲の、それも二十歳《はたち》にもならないガキが、この俺の伴奏で、ジャズを歌おうっていうんだよ。カチンと来ないのかい」

「それほどのピアニストかい」と、俺は心の中で言ってやった。しかし、つっぱっていても仕方がない。俺は身を入れて話を聞く振りをすることにした。

「それはまあ、生意気だとは思いますがねえ。それで？」

「それだけか……。まあいい。そこでだ。俺たちは相談してだな。真也を少し可愛がってやることに決めたんだ」

俺は、彼の大人気《おとなげ》のなさにびっくりした。あきれてものが言えない。ぽかんと口を開けて彼の顔を眺めている俺に、新井まさるは、何を勘違いしたのか、嬉しそうな表情で言った。

「俺のジャズに対する愛情に敬服したか。ははは……。どうだ、お前も一枚加わってみないか」

「俺が……。冗談じゃない」

「まあ、大ベテランの俺のグループで演奏《や》るからといって遠慮することはない。実は、うちのテナーがね、いなかで法事だとかで、急に故郷《くに》へ帰っちまってね。誰かいないか、と言ってるときに、ふとお前のことを思い出したというわけさ」

「嫌ですよ、俺。そんな話」

本当にばかばかしくて嫌だった。

「そう遠慮するなって。ギャラはそれほど良くはないが、お前、テレビに出られるなんて、そうあるチャンスじゃないだろう」

「それは、まあ……」

「決めたぜ、たのむよ。高崎真也め、立ち直れないくらい、いじめ抜いてやるぞ」

サディストか！　俺は何だか腹が立ってきた。たかが流行歌手のお遊びに目くじらを立てる、このピアニストの単純さに対しても。そんな人間が、ジャズマンでございという顔をして世間をのし歩いていることに対しても。そして、テレビと聞いただけで、断わりきることができなくなった自分の腑甲斐《ふがい》無さに対しても。

新井まさるは、何だか妙に、機嫌が良くなってきた。俺は、うんざりしていた。心の中で同じ言葉をつぶやきながら、ひたすらグラスを傾けるしかなかった。

「俺にだって、夢ぐらいあったんだ」と。

三日後、俺は新井まさるに言われた通りに、赤坂にあるテレビ局のスタジオに顔を出した。広いスタジオに、いくつものセットが置かれ、コーナーを作っていた。その中に、白いグランドピアノが置かれている。新井まさるはそこに腰かけ、フロアーディレクターらしい人間と打ち合わせをやっている。

「よう、来たな」

彼は白のスーツをパリッと着こなしていた。俺は、彼に言われて、かつてキャバレーのアルバイトで吹いていた時に着ていたダークスーツを着ていた。

「なかなか決まってるぞ。もうじき、高崎真也がやって来る。そうしたら、カメリハとビデオ撮りだ。それまで、ちょっと音合わせをしよう。おうい、音出しだ。皆位置に着け」

彼は、グループのメンバーを呼び集めた。

この話を聞いた夜は、ひとりになってあれこれ考えてみた。

「くしゃくしゃした日の連続だったから、気晴らしくらいにはなるかもしれないな」

それが結論だった。

新井まさるから、演奏曲目の楽譜を受け取る。大スタンダードばかりだ。チューニングの後、二、三回通しで演奏した。どこで集めた連中か知らないが、確かにテクニックは十分だった。しかし、おもしろくも何ともないカルテットだ。

吹きながらあくびが出そうな音出しを続けていると、スタジオの入口から明るい声が響いてきた。

「おはようございます」

振り向いた俺の目には、そのあたりが輝いているように見えた。そこには、あでやかなひとりの少女が立っていた。つやのある素直な髪が肩のあたりで揺れている。高崎真也だ。

俺は、テナーサックスを吹きながら、こう心の中でつぶやいていた。

「なんだ。ネンネじゃないか。あんな子供に、本気になるなんて、新井さんにもあきれたもんだ」

彼女は彼女で打ち合わせをはじめた。それを見て新井まさるがカルテット全員を自分のそばに呼び集めた。いよいよ歌手いじめの段取りを打ち合わせるのだ。

「じゃカメリハいきます。ヨロシク」

スタジオ内に、スピーカーから声が響いた。今まで、ゴチャゴチャと動き回っていた人々が嘘のようにどこかへ消えてしまった。

「よろしくお願いします」

高崎真也が俺たちのところへやって来て、一礼した。カルテットの連中は、偉そうにふんぞり返ってそれを受けた。単純な奴らだ。曲は、『フライ・ミー・トゥ・ザ・ムーン』、『ラバー・カム・バック・トゥ・ミー』、『サマータイム』、そして『好きにならずにいられない』。どれもこれも、ジャズなど聴いたことのない人でも知っているスタンダードだ。ポピュラー・ソングと言っていいくらいだ。

「ジャズを歌うだなんて、大騒ぎするほどの曲じゃないじゃないか」

カメラ・リハーサルをやりながら俺はそう思っていた。どうやら新井まさるは、ジャリタレの伴奏をやらされるのが不満なだけらしい。何が「ジャズに対する愛情」だ！

リハーサルの間、俺たちは、おとなしく演奏していた。それにしても、この高崎真也という歌手のうまさは、やはりちょっとしたものだ。少しは見直してもいいかな。ちらりと俺はそう思った。

いよいよビデオ撮りの本番だ。

曲は『フライ・ミー・トゥ・ザ・ムーン』。ツーコーラス高崎真也の歌が入り、その後、俺たちが、ピアノ、サックスとソロを取り、アドリブ・ソロが終わったところで、また彼女が歌って終わる。

イントロに続いて、高崎真也は歌い出した。俺は驚いた。この歌手は、一曲歌うごとにどんどん雰囲気をつかんでいく。もちろん、サラ・ボーンやエラ・フィッツジェラルドなどには比べる由もないが、高崎真也が今歌っているのも、サラとは全く異質の、やはりジャズなのではないかという気になってくるから不思議だ。

彼女のボーカルが終わり、俺はテーマを吹いて、ソロを新井まさるに渡した。彼は、カルテット全員に意味ありげな目つきで笑いかけた。いよいよ始めるのだ。

わざと、歌手が音を取りにくいように、曖昧な和音を使い始め、メロディーラインを崩しただけの古くさいアドリブを延々と続けた。

高崎真也は、キッカケが全くわからなくなったらしく不安そうな表情を浮かべ始めた。

やがて、新井まさるは、右手のアドリブを一時止め、イントロと同じパターンを、複雑な和音で弾いた。

　高崎真也は、歌い出そうと、ブレスをした。するとまた新井の右手が高音域へ飛んで行ってアドリブを始める。そんなことを二、三回やって、新井は完全に歌手を演奏から締め出してしまった。

　彼女は下を向いてしまった。やり過ぎだ。泣き出すかもしれないぞ。俺はそう思った。新井まさるは、悪乗りしてソロを取り続ける。

　やがて、新井まさるは俺に目くばせをよこした。ようやくソロを終え、俺にソロを渡すらしい。

　俺はマイクに近づくために、一歩前へ出て、何気なく、うつむいている高崎真也を見た。

　びっくりした。

　その目は床の一点をじっと見つめ、異様に輝いている。その背中のあたりから、不可思議な迫力が発せられている。泣きべそをかいているどころではない。

　俺は、うろたえて、一瞬ソロに入りそこなった。

　その瞬間に、高崎真也のハイトーンが響いた。上を向いたときに髪が大きくうねり、光を滑らせた。彼女はスキャットでツーコーラスのソロを見事に歌い上げた。

　新井まさるのソロをじっと聴いていて、アドリブのコツを覚え込んだに違いない。

サックスにソロを渡すところの音のパターンを正確に聴き取った音感の確かさ、サックスが入りそこなったと感じ取った瞬間に歌い出す判断力と意志。

俺たちは、啞然としたまま一曲を終えた。

ぽかんとしている俺たちに背を向けた彼女は、二曲目のテンポを示すカウントを取った。俺たちは、もう彼女に引きずられるように伴奏を続けるしかなかった。

負けた。俺はそう思った。完全な敗北感に、頭から爪先まで浸ってしまった。

俺の落ち込みは、もう限度を超えたものだった。誰が何を言おうと、いっこうに気分は浮上する気配を見せない。「気晴らしになる」などと思い、のこのこ新井まさるの口車に乗せられたこの一件が、鬱《うつ》状態に拍車をかけ、俺は、止めどもなく落ちて行く気分だった。


俺たちは相変わらず、吉祥寺や高円寺あたりのライブスポットで、スタンダードナンバーなどをたらたらと演奏していた。

リーダーの俺がこの有様だ。いい演奏《ゴトシ》ができる訳がない。メンバーの気持ちがすさんでいくのが手に取るようにわかった。

「奴らとは終わりかもしれないな」

ぼんやりと、そんなことを考えた。いい演奏ができなくなったら、ジャズマンたちが一緒に居る理由などなくなってしまうのだ。ジャズグループは演奏という目的のためにだけ成立している集団だ。

案の定、彼らは間もなく去って行った。牧嶋はクロスオーバー系の若手ジャズグループへ、小林はトランペットを加えたサックス中心のクインテットへ、そして、古河原は以前から組んでいた自分のカルテットに新たにギターを加え、それぞれ、俺と別れていった。

俺はグループを組み直す気力もなく、あちらこちらで代演《トラ》をやったり、ビッグバンドに加わったりで、その日その日を暮らしていた。

いつの間にか酒を飲む機会が多くなった。それは、苦く、ただ泥酔するためだけの酒だった。

どのグループでも、俺は重宝がられた。テクニックは人並以上だったし、ギャラが安くて済むからだ。しかし、誰も特別な思い入れをしてくれなくなった。要するに便利屋なのだ。

そのうち、ロックグループのレコーディングや、歌謡曲のバックバンドからも声が掛かるようになり、俺は食うためにそれらを引き受けなければならなかった。

自然に、レコーディングスタジオや、テレビ局への出入りも多くなり、一見、生活は華やかになったようだった。チャラチャラしたバンドマンの知り合いも意に反して増えていった。そして一方では、酒にしがみつく生活が続いた。まさに、酒とバラの日々だった。

その夜も、俺は飲んだくれていた。その日の仕事は、麻布にあるレコーディングスタジオで、売り出し中のロックグループのLP録音を手伝うことだった。

渡された楽譜の通りに吹けば、それで御用済みなのだ。どうにもやりきれない。

「しかし、俺などはいいほうなのかもしれない。テクニックが人並以上なので、結構あちらこちらから声を掛けてくれる。仕事にあぶれたミュージシャンだって、いっぱいいるんだ」

俺は自分をそう言ってだましながら、高円寺のアパートの近くにある赤提灯《あかちょうちん》で、焼酎の炭酸割り、つまりチュウハイを、ガブ飲みしていた。

コップ五杯を飲み干すと、腹の底に固まっていた酔いが、身体《からだ》のすみずみまで行き渡って、目の焦点が不安定になってきた。どうも調子が良くなかった。しばらく、そのくらくらする感覚に身を委《ゆだ》ねていると、しだいに胸がむかついてきた。

「畜生。悪酔いしちまった」

耐えていると冷や汗が滲《にじ》み出てきた。俺は立ち上がると、店の中のテーブルや腰掛けにぶつかりながらトイレに向かって歩いた。

トイレのドアを閉じて、鍵をかけたとたん、胃の底から内容物が猛烈な勢いでこみ上げてきた。

俺は吐いた。吐きながら思った。

「何でこんな苦しい思いをしなきゃならんのだ」

そう思うと、苦しさのためだけでなく、涙があふれてきた。

「こんな思いをしてまで音楽を続けなきゃならないのか」

俺の背中は、二度三度と大きく波打った。何もかもが地獄に思えた。

そのとき、五月の風に吹かれているような爽快感が、体の中を駆け抜けた。輝くように明るい歌声が聞こえてきたのだ。店の中で流している、有線かテープらしい。

俺は苦しみの中で聞き耳をたてた。爽やかな声だった。と同時に、カサカサに乾いた心をしっとりと潤してくれる優しさを持った声だった。不思議なことに、その歌声を聴いていると、苦しさが徐々に癒えていくような気がしてきた。俺は、ゆっくりと身を起こした。

あっ、と俺は思った。その声は、間違いなく、高崎真也のものだった。

俺がこんなになっちまう原因の一部は彼女にあったのだ。その、彼女の声に俺は引き付けられていたのだった。

「なぜだ」

俺は思った。

「なぜ、あいつの声はこんなに輝いてやがるんだ。なぜ、この俺の中に、こんなに染み込んで来るんだ」

単なる歌のうまさではなかった。単なる声の質でもなかった。もちろん、若さのせいなどではなかった。

勘定を済ませる間も、アパートへの夜道を歩いている間も、俺は「なぜか」を考え続けていた。

「もう一度、高崎真也に会わなければならないな」

俺は、何となくそんな気がしてきた。


翌日の仕事は、ロックグループのＬＰ録音の続きだった。

二十歳そこそこの生意気なロック歌手が、ピアノを弾きながら歌い、さかんに俺たちスタジオミュージシャンに注文をつけていた。

「オーケー。休憩にしよう」

くしゃくしゃのアフロヘアーを振りながら、ロック歌手が言った。やれやれ、だ。

俺はスタジオを出て、ロビーにあるソファーに、どさりと身を投げ出した。

「いったい、いつまでこんなことが続くんだ」

いっそのことスタジオを飛び出して、サックスを道路に叩きつけてしまいたい気分だった。

「よっ、どうした。浮かない顔をして」

肩を叩かれて俺は振り返った。エレキ・ベースをやっている藤村《ふじむら》というスタジオミュージシャンだった。彼は、そのセンスの良さと、テクニックの斬新さで、ロック界では、おおいに名を売っている。

彼は俺の隣に腰を降ろした。

ふと思い付いて俺は尋ねた。

「藤村さんなら、よく高崎真也のバックなんかやるんじゃないですか」

「高崎真也？　ああ、彼女のレコードの録音を二、三回、演奏《や》ったことはあるよ。でも、どうしたんだ、急に」

彼は笑いながら俺に言った。俺は、急に照れ臭くなってきた。

「いえ……別に……。その……彼女ってどんな人なんですか」

「ありゃあ、馬鹿だよ」

「は？」

「とんでもない馬鹿だよ。例えば音をうまく取れないフレーズがあるとするだろ。すると、そこだけを、本当に何十ペンも繰り返すんだ。馬鹿だよ。たいした音楽馬鹿だ」

『馬鹿』というのが、ほめ言葉であることに、今、俺はようやく気づいた。

「何とか、彼女に会えませんかね」

「お前がか……」

「ええ、ちょっと聞きたいことがあるんで」

「惚れたのか」

ニヤリと笑って彼は言った。

「ええ、まあ」

俺は面倒なのでそう答えた。

「嘘をつけ」

「え？」

「お前が惚れてんのはジャズだけだろう」

これはまた、たいした思い込みだ。だが、今の俺には有難迷惑というやつだ。

「しかし、天下の人気歌手とバンドマンじゃ身分が違い過ぎるしな、プロダクションが警戒して、あまり男を近付けたがらないし……」

「やはり無理ですか」

考え込んでいた彼は急にニタリと笑った。考え込む振りをしていただけらしい。

「ははは……。まかしておけ、その気になりゃ、手はいくらでもあるんだぜ。早いほうがいいだろう。そうだな……あさって、三時半……午後だぜ……、ここに来てくれ」

彼はメモ帳を取り出して、ある喫茶店の名前と地図を書いてよこした。

「ここは、俺たちのたまり場で、歌手もよく顔を出すから、怪しまれないで済むだろう」

「ありがとう。恩に着ます」

「その代わり」

彼は声をひそめて言った。

「俺は、きょうはこのままトンズラするから、何とかごまかしておいてくれ」

俺は、ちょっと考えてから、彼にウインクして見せた。どうせ、あとは打ち合わせだけで終わりそうなのだ。彼もそれを見越して消えるのだろう。

「じゃあな」

彼もウインクを残し、出口から姿を消して行った。

二日後、指定された通りに、俺は「オデッセイ」という喫茶店に顔を出した。場所は、渋谷の道玄坂だ。

地下にある店で、何となく胡散臭《うさんくさ》くて、なるほどミュージシャン好みだ。なるべく人目に付かぬよう、隅っこの席を選び、コーヒーを注文した。

やはり、俺は落ち着かなかった。考えてみたら、これは大事《おおごと》なのだ。有名な人気歌手と、無名のスタジオミュージシャンが二人きりで会う。それだけでも許されることではないのだ。俺は何だか怖くなってきた。

煙草を三本灰にした頃、入口のドアが開いた。キラッと入口が光る気がした。本当に高崎真也がやって来たのだ。サングラスでもかけて人目を忍んで来るかと思ったら、彼女は継ぎはぎのジーパンにスニーカー、赤いTシャツという、散歩の途中のようないでたちだった。

彼女は入口にたたずんで、店の中を見回している。首を動かすたびに、素直な髪がサラサラと揺れ、光を滑らせる。しばし、見とれていた俺は、あわてて彼女に手を振った。彼女は、軽く会釈して俺のところへやって来た。

どう話を切り出したらいいのか見当もつかない。彼女が俺の目の前に坐り、アイスティーを注文する間、俺は声を出しあぐねていた。

彼女と目が合った。涼しく、しかも意志的な光を宿した目だ。俺は覚悟を決めた。

「初めまして。黒野哲郎といいます」

「よろしく。高崎真也です。でも、初めてじゃないわね」

「え？」

「以前に、伴奏をしていただいたことがあるでしょう。新井まさるさんと御一緒で。とても素敵な演奏だったんで、私、覚えてるんです」

皮肉か、と一瞬俺は思った。しかし、そうではないらしい。

「実は、その時のことも含めて、いろいろうかがいたい事があるのですが」

「はい」

彼女はうなずいた。端正に目のあたりで切りそろえた前髪がかすかに揺れる。

「その……どう言ったらいいか……。どうしてジャズなんて歌ったんですか」

彼女はきょとんとした顔をして、首をかしげた。首を傾けた方向に肩まである髪がさらさらと流れた。光の束が動くように見えた。彼女はどう返事したらいいかわからないらしい。

「いや、決してヘタクソな訳じゃなくて、むしろ、見事すぎるので……。二十歳そこそこの歌手が、立派にジャズを歌うというのは、やっぱり、不思議な事でしょ」

俺の話はしどろもどろだった。考えてみれば、彼女は十歳近くも俺より年下なのだ。だらしがないったらありゃしない。彼女はそんな俺を助けてくれるように口を開いた。

「私みたいな流行歌手がジャズを歌うなんて、生意気だと思われたでしょうね。特に、あなたはプロのジャズマンだから……。でも……」

注文していたアイスティーがきた。彼女は小さく、ありがとう、と言う。店の者は、芸能人に慣れているらしく、彼女に特別の関心を持たぬようだった。

「でも、私は、歌いたかったんです」

「決して生意気だなんて、思いやしません。歌えればそれでいいんです。問題は、なぜ歌えたかなのです」

「歌いたかったからです」

「歌いたい歌なら何でも歌えると言うのですか」

「はい」

彼女の目がきらりと光った。

「すごい自信ですね」

多少皮肉まじりで俺は言った。

「自信なんて、ちっともないんです。いつも、自信があったためしなんてありません。この前、ジャズを歌わせてもらった時もそうでした。でも、歌いたくてたまらなかったんです。そして考えたんです。ジャズだって特別な音楽なはずがない、歌う気になれば、私なりに歌えないはずはないって」

彼女は、輝く目でじっと俺の目を見つめながら言った。訴えかけてくるように切実で、しかも、強力な意志を感じさせる目だった。彼女は、続けて言った。

「本当に、いつも自信があるどころか不安でたまらないんです。でも、歌いたいという気持ちのほうが勝っちゃうんです」

「どうして……」

俺はそう尋ねた。すると、今までじっとこちらを見すえていた目をちょっと伏せると、諦めを感じさせるような微笑を浮かべ、彼女は照れたように小さな声で言った。

「歌が……」

「え？」

「好きなんです。たまらなく」

参った。お手上げだった。俺は何も言うことがなくなってしまった。

しばらく、沈黙が二人の間に流れた。

ふと彼女は目を上げると、目もとにうっとりとした微笑を浮かべて言った。

「ジャズって素敵ですね。いつもあんなお仕事ができるなんて、羨《うらや》ましいわ」

「そうですかね。今、僕はジャズなんてやってませんよ」

俺の答えは投げ遣りだった。彼女の目が曇る。

「今度は私が尋ねる番だわ。どうして」

「なぜでしょうね。だめなんですよ。所詮、ジャズは黒人のもの。僕がいくら頑張ったって、本物にはならない気がしてね」

「それでやめちゃったんですか」

「まあ、なんとなくね」

「じゃ、どうしてわざわざ私なんかに会ってこんな事をお聞きになったんですか」

「それは……」

俺は返答に困った。自分でもどうしてか、わからなかったのだ。そんな俺を見て、彼女は、にっこりと笑って言った。

「おもしろい話があるんですよ」

「え？」

「日本のどこかの山の伝説なんですけれど。聞きます？」

「はあ」

何を急に言い出すんだ。俺はそう思った。

「昔々……そうね、日本がまだ統一されていないくらい昔、人々は、音楽に陶酔することで神に近づけると考えていたんですって。ほら、その頃の音楽を、神の楽と書いてかぐらと言うでしょ」

「ええ」

彼女は何となく嬉しそうに話を続ける。俺には、彼女が何を言いたいのかさっぱりわからなかった。

「でも、国が統一されたり、インドから大陸を伝って、雅楽が日本に入ってきたりするうちに、政治、宗教、音楽が結びついて行ったの。やがて、音楽にも権威みたいなものができちゃって、正統派みたいなのができあがってしまうのね。でも、昔ながらの自由な音楽に酔い痴れることが何より大切と思っている人々がやはりいたわけ」

「……」

「そういう人たちは、音楽に陶酔する状態を酔う音、酔韻《すいん》と呼んで最も尊いものとして、正統派から分派して、どこかの山へ籠《こも》ってしまったの。正統派の人々は、彼らのことを、邪悪な宗教を崇拝してるんだ、と言って『邪宗《じゃしゅう》』とか『邪崇《じゃすう》』とか呼んで蔑《さげす》んだの」

「邪崇一族……」

「そう。彼らは、時々山を降りては、里の人々にその音楽を聴かせ、里に田楽を芽ばえさせ、海辺の人々に太鼓を伝え、海に出て、島唄の原型となった、というの」

　俺はびっくりした。彼女の言う『邪宗』または『邪崇一族』と言うのは、日本のあらゆる大衆芸能の祖だということになる。

「そして、時代は下って、幕末から明治にかけて、あるアメリカ商人の前で、この一族が演奏を聴かせたことがあったそうなの。その商人は故郷のニューオリンズに帰って、自国で何とか、その邪崇の音楽を再現しようとしたんですって。いろいろ身のまわりを探し回り、ようやく、ニグロ・スピリチュアルやブルースが一番それに近いことを発見したのね。そして、ニューオリンズで、新しい音楽が誕生したの」

「ジャズか」

俺は思わず叫んだ。いつの間にか、彼女の話に引きずり込まれていたのだ。

「そう。ジャズというのは、『邪宗』や『邪崇』に米語をあてたものなのよ。そして、『酔韻』もそう。わかるでしょ」

彼女は、いたずらっぽく笑って見せた。

「スウィングか。ははは……。おもしろいおとぎ話だ」

「おもしろいでしょ。でも……」

そこまで言って彼女は真顔になった。目が輝く。

「この伝説は、少なくとも私にとっては本当のことなの。そう信じることで、私はジャズが歌えたのよ」

あ、と俺は思った。また一本取られた感じだ。

「そうか、『邪崇の伝説』か」

俺は、思わず微笑した。彼女も笑い返した。また、しばらく二人とも何も言わずにいた。しかし、今度の沈黙は、先程のものとは異質だった。俺の体の底のほうに、何か、得体の知れぬものが活動し始めていた。彼女に会ってよかった。本当に俺はそう思った。

「約束します」

彼女が言った。

「今度、あなたが舞台に立つ時は、私、きっと聴きに行きます。私の伴奏をして下さったお礼も兼ねて……」

俺はうなずいた。

「ただし、きっとジャズをやって下さいよ」

彼女はまた、いたずらっぽい笑顔を見せた。

「さあ、そろそろ出ましょう。一緒に歩いているところを、他人に見られたくないでしょう。先に出て下さい。僕はもう少しここにいます」

彼女は、淋しげな微笑を浮かべて、うなずくと、小さく「すいません」と言った。

彼女は去って行った。その後ろ姿を見て、俺は、ふと思いついた。先程の伝説のことだ。あれは、まぎれもなく事実であり、高崎真也はその邪崇一族の末裔《まつえい》なのではないか。彼女は、音楽のために生まれ、音楽のために生き、音楽のために死んでいった邪崇一族の血を受け継いでいるのだ。俺は、そんな気がしてしかたなかった。

「よし、俺も活動開始だ」

そうつぶやいてみて、あらためて気がついた。俺は、ジャズを演奏する場も、仲間も失っていたのだ。どうしたらいいか見当もつかぬ有様だ。

体の底のふつふつとした塊《かたまり》だけが大きくなっていくような気がしていた。

本当に、何をどこから始めていいのか、見当もつかず、いたずらに月日だけが過ぎて行った。

相変わらず俺は、スタジオや、キャバレーやテレビで演奏《ゴトシ》を続けていた。苛々していた。出口が見えない迷路の中をさまよっているような不安の混じり合った苛立ちだった。何とか俺は、そこから抜け出したかった。

ある日のこと、ちょっとした録音の仕事があり、休憩時間に俺はぼんやりとロビーでテレビを見ていた。何やらキックボクシングのようなものをやっていた。

しかしよく見ると、キックボクシングでもないらしい。片方の選手は金髪の西洋人で、真紅のパンタロンをはいてリングに立っている。どうやら、これが噂のマーシャルアーツというやつらしい。米軍の特別格闘技がルーツと言われるこのマーシャルアーツは、ボクシング、キックボクシング、空手、柔道など東西の格闘技を集大成したものだという。

試合が始まった。

片方はマーシャルアーツの選手、片方は、日本のキックボクサーのようだ。

キックボクサーは、さかんにローキックでマーシャルアーツの選手を攻めまくる。

スピードがあり、ウエイトの乗ったいいキックだ。真紅のパンタロンは、どうも圧《お》され気味だった。パンチも出せなければ、蹴りも放てない。

俺はしだいに、画面に呑まれていった。

第二ラウンド、ようやく真紅のパンタロンが反撃を開始した。しかし、キックボクサーのローキックが優勢だ。しだいに試合は白熱して来た。キックボクサーのローキックに、マーシャルアーツ側は、パンチを返そうとしていた。しかし、有効打は少ない。俺は手に汗を握り始めていた。マーシャルアーツの負けか、俺はそう思った。

キックボクサーは、とどめ、とばかりに、すさまじいスピードで真紅のパンタロン目がけて右の回し蹴りを飛ばした。

そのとたん、真紅のパンタロンは、マットを蹴り空中に舞い上がった。キックボクサーの右足は目標を失い宙を蹴る。彼はバランスを失いかけた。宙に飛び上がった真紅のパンタロンは、そのまま踏み切った足を、大きく後方に回転させる。うなりを上げて、その踵《かかと》が、キックボクサーのボディにめり込んだ。

空手の秘技、飛び後ろ回し蹴りだ。

その瞬間、俺の頭の中でシンバルが炸裂し、ピアノの弦がふっ飛んだ。

キックボクサーは、三メートルも後方へ飛ばされ、ダウンしていた。

「聴《き》いた。確かに聴いたぞ」

いつの間にか俺は立ち上がっていた。

そばで見ていたバンドマンが、テレビを見たまま言った。

「ああ、確かにありゃ効《き》いたな」

俺は、サックスを取って、屋上へ駆け上がり、思いきり吹きまくった。ただただ、でたらめな音を吹き飛ばした。

何事かと、管理人が、とがめに上がって来たが、俺の勢いに気圧《けお》されて、すごすごと降りて行った。

その日から俺の猛練習が開始された。要は、きっかけさえあればよかったのだ。土壌や仲間を用意してから始めようとしていたから、何も見えなかったのだ。

俺は知り合いのジャズ喫茶のマスターに頼み込んで、店の二階の倉庫を練習場所にした。一応防音構造になっていたので真夜中まで吹き続けるのに都合が良かったからだ。

俺は、くる日もくる日も憑《つ》かれたように吹きまくった。誰かが、この練習場所を覗《のぞ》いたら、そこに狂人の姿を見つけたことだろう。

他人から見ると、滅茶苦茶な音が、サックスから放射されているだけだったろう。しかし、俺の意識は、確実に、一歩ずつ前進していた。
二、三カ月はあっという間に過ぎた。俺の変化を悟ってか、しだいに伴奏《ウタバン》や、スタジオの演奏《ゴトシ》の声が掛からなくなっていった。俺は生活のあることも忘れかけ、練習に没入していった。背水の陣だ。もう後戻りはできない。

ある日、俺はいつものように、ジャズ喫茶の二階でバリバリと吹いていた。何とか、ようやく、先に光が見えてきた状態だった。

俺はドアを背にして吹いていた。戸口の横手には、古いドラムセットが、埃《ほこり》をかぶったまま置かれていた。

その、シンバルが響いた気がした。続いて、スネアのロールが飛んで来る。それに合わせ、俺は、中音域から高音域にかけてのパルスを猛然と浴びせかける。

それに触発されたように、スネア、タムタム、フロアタムの連打、そしてその頂点で、バスドラムと、トップシンバルが鳴る。

意識の中で聞こえるにしては、やけにドラムがはっきりしていると思って、俺は吹くのを止め、振り返った。

暗がりの中で、確かに誰かがドラムセットに腰かけている。

「哲郎、この野郎、いつの間にこんなすごいサックスを吹くようになりやがったんだ」

「古河原か！」

なつかしい声だった。もう一年振りだろうか。

「噂を聞いてやってきたんだ。『黒野は気が狂った』っていう噂をな」

あいかわらず狸みたいだった。俺は声も出なかった。誇張ではなく、声を出すと涙声になりそうだった。

「飯《シーメ》もろくに食っちゃいないんだろう。どうだ、一杯奢《おご》ろうか」

そう言われて、腹ぺこなのに気づいた。

「後で、たっぷり御馳走になるよ。それより、練習に付き合ってくれないか。一時間でいい」

「お前、そういう言い方するなよ。何か、背筋がむずがゆくなる。『オイ、ドラム叩けよ』、これで話は済むんだよ」

俺は、無人島か砂漠で、久し振りに人間に出会ったような気がしていた。

二人で練習を始めるようになってからは、他人は絶対立ち入り禁止にした。誰にもまだ見られたくなかったからだ。

二人は、日増しに力量を蓄えていった。

ひとしきり二人で汗を流し、一息ついて、「ようし、もう一息いってみよう」と、俺が声を掛けた時、立ち入り禁止にしてくれと、店のマスターに頼んでいたにもかかわらず、二つの影が、練習所にあらわれた。そのひとつが言った。

「お前ら、二人だけで、こそこそとずるいんだよ」

俺はびっくりした。ピアノの小林だった。もうひとつの影は、牧嶋だ。

「しばらくだな」

ベーシストの牧嶋が言った。

「どうしたんだ」

俺は尋ねた。

「どうしたはねえだろ。二人揃っているところを見りゃ、わかりそうなもんじゃねえか」

小林が言った。俺と古河原は、顔を見合わせる。古河原が尋ねた。

「お前らも、噂を聞いてやって来たって訳か」

「まあね。クレイジーサックスを放っておけますか」

クレイジーというのは、ジャズマンの最高のほめ言葉だ。

「そう言うからには、楽器は用意して来たんだろうな」

古河原が言った。

「ばか。ピアニストだぜ、俺は。ピアノかついで来いってのか」

小林は言った。

「その代わり、練習場所を都合してきた。例の吉祥寺の店を、開店前と閉店後、使わせてもらうことにしてきた。もちろん、関係者以外立ち入り禁止でな」

牧嶋が言った。

俺は、本当に一言もしゃべれなかった。泣き出しそうなのを必死でこらえていたのだ。

さっそく俺たちは、吉祥寺の店を使わせてもらうことにした。

しだいに、仲間たちの今まで気づかなかった演奏上のクセや呼吸がわかってくる。殻がはがれて、中味がむき出しになった証拠だ。

そんな練習の最中に、俺は、ひょいと、ひとつのメロディーを吹いた。音を吹き飛ばしている最中にだ。これまた、五本の指を総動員でガンガンと鍵盤と取っ組み合いをしていた小林が、そのメロディーを聴き留め、さかんにそれを弾き始めた。

ベースの牧嶋も、それに合わせて、同じメロディーラインを弾き始める。ドラムの古河原も、バスドラムで、そのリズムパターンを打ち出す。

俺も、同じメロディーを吹きはじめた。日本の五音音階《ペンタトニック》のようでもあるし、インド音楽のようでもある。聴きようによっては沖縄民謡のようでもあるし、スパニッシュ・モード、つまり、スペイン民謡に使われる旋法のように聞こえなくもない。これは、俺の腹の底、血の中から滲み出たメロディーなのだ。

四人が、一つの楽器になったように俺は感じた。

古河原が、スネア、タムタム、フロアタムと連続して打ち鳴らし、ハイハットをひっぱたいて、ピシャリと演奏を終えた。その瞬間、全員が、ピタリと鳴り止んだ。

「ヒャーッ」

古河原が叫んだ。俺たちは全員でゲラゲラ笑い出した。大ハッピーだった。

「一曲できたな」

小林が、ピアノの向こうで飛び上がりながら言った。

「哲郎、そろそろいいだろう。カムバックしてもいい頃だぜ」

古河原が言った。

「そうだ、そうだ。この曲を引っ下げて、カムバックだ」

牧嶋も叫んだ。

三人は、俺を見つめた。

「よし」

俺は言った。

「ジャズシーンに殴り込みだ」

イエーッ、全員が声を上げた。

季節は、夏を迎え、各所でジャズフェスティバルが始まろうとしていた。

「古河原、俺たちが今からでも出られそうなフェスティバルはあるか」

「うーん。ほとんどはもうエントリーが終わっているしな。お前は、この一年、ほとんどジャズ活動をしていないし……」

「何とかならないのか」

小林は苛立たしげに言う。このグループでは、古河原が一番のベテランだ。したがって顔も広く、俺たちは彼に頼るしかないのだ。

「そうだ。ひとつだけ、何とかなりそうなのがあるぞ。若手が主として出場するフェスティバルなんだが、俺の名前で、一グループ分声が掛かってるんだ」

「よし、それを何とかしろ、大至急だ」

小林が言った。

「頼む」

俺も彼に全面的に任せることにした。力が全身にみなぎって、居ても立ってもいられないという感じだった。


それから二日後、練習場で俺たちは古河原を待っていた。出場できるか否かの結果を持ってやって来るはずなのだ。

小林は苛立たしげにピアノを鳴らし、牧嶋も、ビンビンとベースの一番細いG弦をはじいていた。ただそれだけでも、以前とは音の響き方が、段違いだった。

ドアが開いた。古河原だ。

「どうだ」

　小林が尋ねた。

「うん。どうにか頼み込んできた。向こうでも哲郎の噂は知っているらしくて、おもしろそうだ、とは言っていたんだが」

「どうした」

　どうもすっきりしない顔をしているので、俺は尋ねた。

「どうも人数がギチギチなんで、時間に余裕があれば、一曲だけ最後に、ということなんだ」

「なんだって」と小林。

「まあまあ。仕方ないじゃないか。こうなれば他のグループの演奏が長引かないように祈る他はない。考えようによっちゃ、トリをやることにもなるんだぜ」

　俺は小林をなだめた。

「ところで、トリはどこのグループだ」

「武田巌男カルテットだ」

　一瞬、俺たちは絶句した。武田巌男といえば日本一の怪物ドラマーだ。俺たちは、彼らの直後にやることになるのだ。

「ようし、相手に取って不足はない。さあ特訓だ。最後の仕上げだぜ」

俺は言った。全員は目を輝かせてうなずく。

フェスティバルまで、秒読み態勢だ。俺たちは、以前に増して練習に励んだ。全員の体重がみるみる減ってゆく。ウエイトコントロールしているボクサーのようだった。

そして、八月十五日。フェスティバルの日はやってきた。

場所は、郊外にある野球場で、そこに、二グループ分の特設ステージが作ってある。片方で演奏している間、もう一方でセッティングという進行で、夜通し朝までフェスティバルは続く。

出演するミュージシャンも出番以外は、客席でステージを見るのだ。今年はやはり、電気掛かりのクロスオーバーっぽいグループの参加が目立つ。

俺たち四人は客席で、目をギラギラさせていた。広い会場は満席で、熱っぽくかつ適度にリラックスした最高の雰囲気だった。

アメリカの実力派ロックミュージシャンとレコードを作って話題になった、若手ギタリストの登場で、ひとしきり会場が沸く。

「今にみていろ」

小林がステージを睨《にら》み付けてつぶやく。

会場は夜が更けるにつれて、どんどん盛り上がっていった。プログラムも順調に進み、いよいよ、武田巌男カルテットの登場だ。ステージに彼らが立つと、ウォーというどす黒い喚声が上がる。俺たちの気分も高揚してきた。

そのとき、開催者側の係員が、俺たちのところへやって来て言った。

「武田さんたちの演奏の具合でどうなるかわからんが、とにかく、セッティングだけはしておいてください」

俺たちは、顔を見合わせて立ち上がり、隣のステージへセッティングに走った。

武田カルテットの音が飛び出した。いい演奏だった。武田巌男の華麗なスティックさばき、それに叩き出される強烈なスネア、叫ぶシンバル、ヘビー級のバスドラム。そして、それに食らいついていく剛腕ピアニスト飯田橋文明。俺たちはセッティングを急いだ。

彼らは、猛烈な勢いでぶっ通し三曲演奏し、武田巌男のトップシンバルの一打で最後の曲を終えた。どっと会場が沸き立つ。轟々《ごうごう》という喚声とアンコールの拍手だ。俺は時間を心配した。

武田巌男は、メンバーとちょっと相談をし、再び、ドラムセットに腰を降ろす。大喚声と拍手が一段と高まる。彼らは、ジャズ界きってのコンポーザーである飯田橋文明の名バラード『グッド・バイ』を演奏してステージを降りた。

向こうのステージのライトが消える。俺たちはセッティングを終えていた。係員を見る。彼は頭上で両手の先を合わせ、腕で大きな輪を作った。オーケーのサインだ。

俺たちは念入りにチューニングを始めた。音が合う。全員の目が合う。やはり、俺はどきどきしてきた。一度、大きく深呼吸をする。

「よし、行くか！」

俺は古河原にうなずいて見せた。古河原はスティックを振って係員に合図をした。

こちらのステージにライトが当たる。

当然、武田カルテットがトリと思っていた客たちは、ざわめき始めた。「なんだ、なんだ」「飛び入りは帰れ」という野次も聞こえる。無理もない。パンフレットには、俺たちの名は隅っこに小さく載っていただけなのだ。

その中で、今、ステージを降りて会場へ出て来た武田厳男が、汗を拭く手を一瞬止め、ギョッとしたように俺たちを見た。野獣が、同類の気配を身近で察知したような顔をしている。緊張が走る。

俺は、サックスをくわえ、曲のテンポを足で踏み鳴らして示した。

ピアノ、ベース、ドラム、サックスが、一丸となって飛び出した。自分たちでも驚くほど強烈な音だった。例のメロディーをそれぞれの楽器で、一緒に弾く。ドラムも、スティックは素疾《すばや》く舞っているが、バスドラムだけは、メロディーラインと同じパターンを打つ。

ざわついていた会場は潮が引くように静かになっていった。

「いけるぞ」

俺は思った。

何度も何度も、その独特のメロディーを繰り返した。そのテーマだけで、会場には先程と異質の感動が広がりつつあるようだった。

そのテーマが徐々に疾くなってゆく。どんどん、どんどん、疾《はや》く――しまいには、全員の限界の疾さに達する。

それでもしつこくテーマが繰り返される。

こらえ切れず、まず、古河原が走り出した。バスドラムのパターンが崩れる。そのまま、強烈な音でシンコペーションを踏み鳴らす。右手のスティックは、スネアの乱打から、トップシンバルのレガートへ、左手は、スネアからタムタムへと飛ぶ。

俺たち三人は、後方からの音のマシンガンを浴びながらテーマを続ける。

次に飛び出したのはピアノの小林だ。彼の十本の指は八十八の鍵盤を滅茶苦茶に駆け回り、叩きつけられた。しだいに、古河原とパターンの交換を始める。

古河原のバスドラムに合わせ、小林は左手で、どす黒い低音の音団を飛ばし、高音部で、スネアに対抗し始める。

突然、ベースの牧嶋が狂ったように弾き始める。彼は、ピアノの中音域から高音域に向かって、攻撃を仕掛けた。バーンと一番太いE弦をはじき飛ばしておいて、一番細いG弦と、次に細いD弦でトレモロに近いほど疾いパターンを打ち出した。

俺は、まだ独りでテーマを吹いていた。後ろの三人がガンガンと圧《お》してくる。俺はポテンシャルの高揚をじっと待っていた。

その時、会場の一個所がキラリと光った気がした。思わず、そこを見る。俺はびっくりした。高崎真也だ。彼女はじっとステージを見つめている。自分の事で頭が一杯で、彼女の事などすっかり忘れていた。確かに彼女は今度の俺のステージを見に来てくれると約束してくれたのだ。パンフレットに小さく載っていた俺の名を探し当ててくれたに違いない。言うなれば、彼女は俺の恩人ではないか。俺のジャズ生命の恩人だ。俺は嬉しかった。

俺の高揚感は一気に倍加した。

俺は一度低音に落ちてから、一気に音の階段を駆け登った。

その頂点で、古河原のトップシンバルが響く。

俺は、強引に、古河原に食ってかかった。会場では不思議な現象が起こっていた。どす黒い興奮の波が、後方から前方に向かって押し寄せて来たのだ。

古河原が、タムタムをしつこく連打。ピアノの小林が、上昇する展開。牧嶋と俺が下降。そして、解き放たれたように古河原が、トップシンバルとバスドラムを一発響かせる。と同時に、ピアノは高音の和音を、ベースはE弦の最低音を、俺は、高音を、それぞれ力一杯鳴らした。

その瞬間、会場で熱い喚声が上がる。

しだいに、古河原のバスドラムのパターンが安定してくる。それにしたがい、小林の左手も、低音部へ下がって行って、そこで地鳴りのように躍り始める。

牧嶋も、太いE弦とA弦だけを使い始める。全員、態勢を整えている。最後の勝負に出ようとしているのだ。

俺は独り疾走していた。

突然、古河原が、スネアの連打からトップシンバル、サイドシンバルをしつこく打ち鳴らした。それを合図に、ピアノ、ベースも猛攻を浴びせて来た。小林は、十本の指を、鍵盤に叩きつけている。

一瞬、俺の目の前に、強烈なローキックが浮かんだ。俺は、さんざん、その蹴りをくらっていた。

古河原が、フロアタムを連打。とたんに、三人は、とどめの一打を俺に浴びせた。

俺は意識の中で高くジャンプした。踏み切りの足を一八〇度振り回し、相手のボディへ叩き込む。

俺のサックスは、一度下降し、突如、最高音まで飛び上がっていた。

古河原が、スネア、タムタム、フロアタムの回し打ちをする。残りの三人は、各自、最大の音を出しつつそれを聴く。

ドラマーがトップシンバルをひっぱたき、ハイハットを打ち鳴らして、ピシャリと締めくくる。同時に、一糸乱れず、俺たちは鳴り止んだ。見事に決まった。

今度は、ぐゎーっと会場が圧してきた。大喚声と拍手の嵐だ。

俺たちは、一瞬の放心状態の後、強烈に嬉しさがこみ上げて来て、げらげらと笑い合った。

会場では、誰もが興奮に目を輝かせて両手を打ち鳴らしていた。その中に高崎真也もいた。彼女は底抜けに明るい笑顔を見せていた。

「あなたも邪崇一族の仲間よ」

そう言っているようだった。

武田巌男も笑いながら拍手をくれていた。

振り返ると、仲間たちも笑っている。

「夢のようだ」

俺は思った。

「しかし、これは夢じゃないんだ」

気がつくと、東の空が、ほんのりと明るくなってきている。夜明けだ。

会場の拍手と喚声は、まだまだ止みそうにない。俺は、その会場に向かって、サックスを吹き出した。どっと喚声が高まる。

曲は、スタンダード、『朝日のようにさわやかに』だ。後ろの三人の仲間も、静かに演奏を始める。サックスは朗々と響いた。

朝日が、ゆっくりと顔を出し始めた。

故郷の笛の音が聞こえる

遠くに、木も草も生えていない山並みが見え、目の前には砂漠が広がっていた。殺伐とした風景だった。赤い、生命の皆無な谷の風景。

「またか」

ステージの上でジャズピアニスト、上杉京輔は、ふとわれに返って、そうつぶやいた。時々、そんな幻想が目の前を過ぎることがあるのだ。いつ頃からだろうか。幼い頃からそうだった気もするが、京輔が、未だかつて実際には見たことのない景色だった。

新宿にあるライブハウスの老舗《しにせ》、ＪＪハウスで、京輔のトリオは休憩を終え、ツーステージ目の演奏を始めるところだった。

ドラムとアルトサックスの準備が整うのを、ピアノに片肘《かたひじ》をついて待っていると、不意に離人現象を起こし、先程の幻想が脳裡《のうり》に浮かび上がったのだ。

眼鏡を掛けた細身のドラマーは、上目づかいに京輔を見た。準備オーケーだ。

三人で目を見合わせると、日本の童謡に題材を取って創った曲を演奏し始める。ピアノとサックスが、同時にテーマを奏で、それをドラムが追っかける。テーマが終わると、とたんにフリーフォームに突入する。

ピアノ、アルトサックス、ドラムスという変則のトリオだが、これが京輔の音楽表現には一番適しているのだ。

アルトサックスが、不意に高音に駆け上がり、早くも地団太を踏み始めた。D音を息の限り吹き飛ばす。

ドラマーが、今にも死にそうに顔面をひきつらせ始める。

アルトサックス奏者は、膝を蹴り上げ、のけぞり、飛び上がった。

京輔も、拳《こぶし》、肘の総動員だ。

アルトサックスが、高音域へ行ったまま戻って来なくなった。ドラムは、しつこく両方のシンバルを親の仇《かたき》のようにひっぱたく。京輔は、両腕で八十八のすべての鍵《キー》を押しつけて鳴らす。

絶頂感が長く続いた。客席は、興奮に熱くなっている。

同時に三人はテーマに戻り、演奏を終えた。

沸き上がる拍手と喚声の中で、メンバーの名前を言い、「ありがとうございました」と挨拶して三人は楽屋へ引っ込んだ。

同じ夜、西荻窪のライブハウス、テイク・ジャムでは、ジャズドラマー、武田巌男のカルテットが演奏をしていた。

このカルテットの編成は、ドラム、ピアノ、サックス、ベースと、オーソドックスだが、オーソドックスでないのは、リーダーの武田巌男のこの世のものとは思えぬパワーと、人並外れた華麗なテクニックだ。

名コンポーザーとしても知られる、剛腕ピアニスト飯田橋とのインテグレーションは、いやが上にも店の雰囲気を盛り上げていく。

上杉京輔トリオの演奏は、やや知的な興奮を感じさせるが、こちらは、底抜けにハッピーで強烈な力量のある演奏を聴かせてくれるのだ。

曲は、飯田橋のオリジナルの疾《はや》いフォービート。

巌男がスティックを鳴らし、テンポを示す。ハミングでカウントを取ると、次の瞬間、一斉に音が飛び出す。ハイテンポのテーマを演奏するだけで、あっという間に客席にどす黒い興奮が渦巻く。

テーマを二回繰り返し、テナーサックスの松田がソロを取る。神経質そうな顔をしたこの男が、このグループで演奏を始めたとたん、人が変わったように吹きまくる。

細い身体を前後に揺すり、高低の音を存分に駆け回り、ソロをピアノの飯田橋に渡す。その奮闘を見て、巌男は嬉しそうな笑顔を漏らす。

飯田橋は、中音域で徐々に気分を盛り上げていき、突然高音へ駆け抜ける。同時に巌男のスティックが、目にも止まらぬ疾さでスネア、タムタム、フロアタムと流れる。

飯田橋は、左手を一メートルもの高さから鍵盤に叩きつけ、真っ黒い音団を飛ばして来た。それを巌男は、トップシンバルとバスドラムの地も震える強打で受けた。

拍手と喚声が、猛然とした音の洪水に混じる。

飯田橋がブレイク。ベースも止む。引きしぼっていた弓を弾くように巌男がダッシュする。ドラムソロだ。

これでもか、これでもかと強烈なソロが続き、客席は爆発寸前にまで熱くなっている。

スティックが、スネア、タムタム、フロアタムと流れ、テーマに入る前のイントロと同じリズムパターンが飛び出す。スタンバイだ。

二度目に入る瞬間、あとの三人が同時に飛び出す。テーマを二回繰り返し、彼らは演奏を終えた。

今度は、客が爆発したような喚声を上げる。京輔たちの客とは少しばかり異なり、完全に楽しさに酔い、パワーに呑み込まれた興奮だ。

巌男は嬉しそうに笑い、汗をぬぐってからバラードを一曲演奏し、カウンターの奥に引っ込んだ。

ファンが帰り際に声をかけていく。

「凄いですね武田さん。今や絶頂期ですね」

「武田さんの演奏を聴いた日は、何もかも忘れてぐっすり眠れますよ」

汗を拭きながら巌男は、そのひとりひとりに笑顔を見せる。

客がいなくなると巌男は、店のマスターやメンバーたちと噂話をしたり演奏の批評をしたりして一時を過ごすのだが、その日は偶然、同じ夜に新宿で演奏していた上杉京輔のことが話題に上った。

「京輔さんに、南米の方に住んでたっていう友だちがいるらしいんだがね」

と店のマスター。

「へえ。それで」

と巌男が聞き返す。

「うん。何でも、その人に最近、笛を貰ったというんだ」

「笛……?」

「うん。ほら、あるだろ。あの、アンデスの民族音楽に使うようなやつ……」

「ケーナだろ」

飯田橋が言う。

「そうそう、それだ。そのケーナを貰ってからというもの、がぜん調子が良くなった、なんて話をしていた。それ以来、そのケーナをお守りにしているらしいよ」

「ふうん。お守りなんて、あの人らしくないね」

　巌男が言う。

「うん。何か、その笛をステージに置いとくだけでメンバーの燃え方が違うなんて、何だかオカルトじみたこと言ってたよ」

「うちは、お守りなんていらないね」

　巌男はメンバーの顔を眺めながら笑顔で言う。

「どうしてさ。そんないいお守りなら、是非欲しいぜ」

　飯田橋がポツリと言う。

「だって、飯田橋が居りゃ、魔よけの代わりになるよ」

　巌男が言った。飯田橋は飲みかけていたビールを噴き出した。

「どういう意味だい、そりゃ。魔よけはそっちでしょうが。あんなタイコを叩いていちゃ、悪魔だろうが化け物だろうが逃げ出しちまうよ」

「どっちもどっちだよ、まったく」

　マスターが、あきれた顔をして言った。


　その頃、新宿のＪＪハウスでは、人気ＳＦ作家の時尾《ときお》蝶悦《ちょうえつ》が、楽屋に顔を出していた。彼は京輔の友人なのだ。京輔たちはちょうど、汗まみれの服を着替えたところだった。

「やあ、時尾さん。珍しいですね」

京輔が声を掛ける。

「うん。最近、上杉トリオがまた一段と凄いと聞いて、やって来たんだが、いや、本当に凄いね。何かこう、取り憑《つ》かれたような感じすらするよ」

時尾は物静かにそう言った。

「時尾さんにそう言われると照れますね」

アルトサックス奏者がニヤニヤ笑う。

「ホント。演奏のことなんて滅多に言ってくれたことないから……」

ドラマーもおどおどと言う。

柔和に笑いながらそれを聞いていた時尾は、ふとその表情を曇らせ部屋の中を見回した。

「どうかしましたか」

京輔が尋ねる。

「うん……」

そう言って、彼はなおも部屋の隅々に視線を走らせている。その目は鋭く輝いている。

「どうしたんです」

京輔はもう一度尋ねた。

「霊気を……」

「え？」

「いや、不思議な意志力を感じる。かなり強い念波だ」

時尾の霊感は有名だ。彼は超能力者ではないにしても、かなり敏感に霊を察知することができるのだ。

「や、やだな。本当ですか」

京輔がうす笑いを浮かべて言う。

「確かだな。しかし、個人の念力や霊とは違うようだ。この部屋自体か、ここにある物質に宿っている念力のような気がする。何だろうな」

静かな語り口で時尾は話しているが、それが余計に迫力を感じさせる。

「早く出ましょうよ。気持ちが悪い。もうオカルトブームは終わったんだから」

ドラマーが蒼い顔をして言う。時尾は笑顔でこう言った。

「心配することないよ。多かれ少なかれ、何にだって霊みたいな物は憑依《ひょうい》しているんだ。例えばあんたの楽器にだって、あんたの意識がかなり染み着いている。ただ、その程度じゃ僕なんかには感じ取ることはできないけどね。しかし、これはかなり強力だ。僕にもはっきりとわかる」

「何にしてもとにかく出ましょう」

京輔がそう言い、四人は連れだって歌舞伎町へ飲みに出た。京輔と時尾が飲むのは久し振りだ。自然に話に花が咲き、盛り上がるにつれ、ドンチャン騒ぎが始まる。

二軒目の店へ行き、そこで腰を落ち着けることに決めたが、その時、時尾がまた言った。

「おかしいな。まだ感じるぞ。どうやら、あの部屋じゃなく、あんたたちが持っている何かのせいだ」

しかし、もうかなりアルコールが入っている三人は気にしようともしない。

「それはきっと俺たちの守護霊だ。守護霊、万歳。それ、お前何かやれ」

京輔がアルトサックス奏者に言った。

「それでは私めが作曲並びにアレンジした『アンデス風祭ばやし変奏曲』を一発。おい、あれを貸してくれ」

そう言って彼は京輔に手を出した。

「おお。あれか。よしよし」

そう言って京輔は、バッグの中から一本の笛を取り出した。三十センチ位の竹でできた古い縦笛で、正面に六つ、後ろにひとつ穴があるだけの単純な楽器だ。これが友人から貰ったというケーナだ。

じっと、その様子を見守っていた時尾の目が一瞬光った。彼は叫んだ。

「それだ」

「え」

三人のジャズマンたちは、きょとんと彼のほうを見る。

「その笛が強力な念波を発している」


横浜港。波止場と呼ぶには、何もかもが近代化されてしまってはいるが、港というのはどこでも、変わらず、独特の淋しさと、その裏返しの荒々しさを漂わせている。ここも例外ではない。

夜更けになると、街の灯と、山のような船の影、防波堤の小さな灯台、そして油のように鈍重にうねる海面などが、時代の流れを止めて、暗黒の世界をわが物顔に支配している。パイプをくわえたマドロスシャツの船乗りが、独り遠い水平線を眺めていたりする、ありふれた映画のシーンが全く不自然でないような気分にさせる情景だ。

空には十六夜《いざよい》の月が出て、ほの暗い光で海面を照らし、数々の外国航路の巨船のシルエットを浮き立たせている。

そこにひとつの影が現われた。痩せてはいるが、妙に敏捷《びんしょう》さを感じさせる人間の影だった。それは豹のイメージを持っていた。

その影は音も立てずコンクリートの路面を歩き、ふと立ち止まった。頭上の月を仰ぎ見る。そして何かの気配を探るように、ゆっくりと四方に首を巡らせた。

他に人の気配はない。

その首はある方向を向いて、ぴたりと止まった。影は静かに歩き出し、やがて、消えてしまった。

その様子を見ている者があったとしたら、それは空の月だけだったろうが、その月もやがて雲間に隠れてしまった。遠くで霧笛が鳴る。いつもと変わらず無機的な夜が港を包んでいた。


「変てこな話が舞い込んだんだ」

ある日、上杉トリオのマネージメントを引き受けている、西村《にしむら》というずんぐりとした男が京輔に言った。そこは上杉トリオが所属している音楽事務所だった。

「どんな話だ」

京輔は身構えた。この男がこういう言い方をする時は、ろくな仕事《ゴトシ》じゃない。彼は心の中でそうつぶやいていた。

「その前に、確認しておきたいんだ。互いの立場というものをな。あんたは演奏者で、俺はジャーマネだ。俺の仕事は、あんたたちの仕事《ゴトシ》を探してきてスケジュールを組むこと。あんたたちは、そのスケジュールを遂行しなければならない。そうだな」

ジャーマネというのは、マネージャーという意味のバンド用語だ。

「何が言いたいんだ」

「まあ聞いてくれ。俺だって、あんたたちのグループの立場や音楽理念を第一に考えたいが、時にはやばい仕事だって断わりきれず引き受ける場合もあるわけだ」

京輔はうんざりしてきた。

「はっきり言ったらどうだ。どんな仕事《ゴトシ》だ」

西村は最初の言葉を探るように、しばらく考えてから言った。

「実は、ある音楽事務所と放送局の共同企画で、一流ジャズマンのジャムセッション大会を開くことになったんだが、その中にあんたの名前もあったというわけだ」

ジャムセッションというのは、通常一緒にやっているメンバーでなく、即席の組み合わせでグループを作り、演奏することを言う。レギュラーメンバーでは聴けない独特の面白さがあり、ジャズ界ではかなり多く行われる。

「いい話じゃないか。どこがやばいんだ」

「メンバーが問題だ」

「どんなメンバーが出るんだ」

西村は京輔にメンバーを列記したメモを見せた。一流ジャズマンばかりを集めた錚々《そうそう》たるメンバーだ。

「凄いな。かなり強力なスポンサーがついたんだな」

「その中で、組み合わせを向こうで勝手に作ったんだが……」

「俺の相手が問題というわけか。誰だ」

「武田……」

「なんだって」

「そう興奮するな。武田巌男とデュオをやらせようというのが、向こうさんの腹なんだ。彼らが言うには、今や、上杉トリオや武田カルテットのファンの誰もが期待していることなんだそうだ。いや、それだけじゃなく、これが実現すれば、今日の日本ジャズ界の一大イベントになることは間違いないと言うんだ。わかる気もするじゃないか。片や世界的ピアニスト、片や日本一の怪物ドラマーだ。熱っぽさという点ではこの二人の右に出る者はなく……」

「引き受けたのか」

「断われない事情があるんだよ」

「引き受けたのか」

「正式には、まだだが……」

「断われ」

「何だって」

「嫌だぜ、俺は」

「悪い話じゃないって、さっき自分で言ったじゃないか。ジャムだって珍しいことじゃないだろう」

「嫌だ」

「プロだろう。よく考えろよ」

「プロだから、やれないんだ」

「無茶苦茶だよ。とにかくよく考えてくれよ。結果は後でいい。よく考えていい返事を聞かせてくれ」

「俺は演奏《ゴトシ》に行く。いくら考えても、答えはノーだ」

京輔は、うろたえる西村を後目《しりめ》に事務所を出た。

「なんで俺はこんなにカッカきてるんだ」

彼は自問してみた。

「今まで、ジャムセッションどころか、フォーク歌手やクラシックの演奏家とだってデュオをやったことがあるじゃないか」

彼の中でもう一つの声がする。

「野次馬根性で俺の演奏を見られるのが嫌なんだ。武田と俺がやればさぞかし滅茶苦茶な演奏になるだろう、というプロレスでも見るつもりの企画なんだ」

実は武田巌男は、以前に上杉京輔トリオでドラムを叩いていたことがある。今の上杉トリオのスタイルは、武田とともに作り出したと言ってもいいくらい彼の影響は大きかった。

しかし、今の巌男は当時とは全く違う独自の道を歩んでいる。完全に上杉京輔から独立したのだ。巌男個人のファンだけでなく、武田巌男カルテットのファンもすでに定着している。

「俺は、まだこだわっているというのか」

京輔はさらに自分に問いかけた。

「ばかばかしい。俺はプロだ。自分の演奏にプラスにならない仕事はやりたくない。ただそれだけだ」

彼は考えるのを止めた。

今夜の仕事場は、高円寺にある「ジロベエ」という小さな店だ。

店に顔を出すとメンバーの二人はすでに来ていて、ドラマーはドラムをセットしていた。

「またあのケーナを持って来たのか」

サックス奏者が京輔に尋ねた。

「そう情けない顔をするな。時尾さんだって言ってたろ。多かれ少なかれ、何にだって霊は宿っているんだって。お前のサックスだって同じことだ。ただ、多少あのケーナは霊気が強力なだけだ」

「だけど気味悪いよ、あんなことを時尾さんに言われちゃ。俺たちの演奏が何かに取り憑かれたみたいだ、なんて……」

「いい演奏ができりゃそれに越したことはないだろ。クスリだって、グラスだって同じことじゃないか。警察沙汰にならないだけマシってもんだ。それに心配するな。今夜も時尾さんが来てくれることになっている」

釈然としない顔をしてサックス奏者は楽器をケースから取り出し、リードをしゃぶり始めた。

なぜか手放す気になれないんだ。京輔は心の中でそうつぶやいていた。どういうわけかそのケーナが、自分にとって大切なものである気がしてしかたがなかった。

演奏が始まった。

ごちゃごちゃ言ってた割にはサックスの燃え方は激しかった。引き付けを起こしたように全身を引き絞って音を出した。

ドラマーも断末魔の表情で四肢を滅茶苦茶に躍動させている。

いい感じになってきた。そう思って京輔も前面に出て行こうとした。高音部へ展開する。その時不意に背筋に悪寒《おかん》が走った。急に十本の指が動かなくなるような強迫観念に襲われた。

「な、なんだ」

京輔は蒼くなった。ミュージシャンというのは、誰でも多少はこの種の不安をいつも感じている。しかし、これほど突然に、しかも強烈な不安に駆られるというのは異常だ。

彼の額に脂汗がにじんで来た。背中にも冷たく不快な汗が流れる。たまらず、彼は両手で拳を作り、鍵盤に叩きつけた。そのまま拳で弾き続ける。彼は歯をむき出し、必死に悪寒に耐えた。

ドラマーが驚いた顔をして京輔を見ている。共演者の異常というのはすぐわかるものだ。彼は、さかんにタムタムを連打して誘いをかけてきた。

アルトサックスもそれに気づいた。このまま一気に演奏の勝負をつけてしまおうというのだ。

京輔は頷《うなず》いて、拳を必死に鍵盤に叩きつけ、肘で音の塊を飛ばした。

サックスが最高音をしつこく吹き飛ばし、ドラムがこの世の最後という顔でシンバルをひっぱたく。クライマックスだ。

ドラムが、スネア、タムタム、フロアタムと流れ、タムタムの三連打を送って来た。

京輔は拳を握ったまま、テーマらしき音団を叩き鳴らして前半のステージを終えた。

客がいつにも増して反応する。京輔の危機意識が、かえって演奏を燃えたものと感じさせたに違いない。

三人はステージを降り、カウンターの奥に引っ込んだ。

京輔はさかんに、両手の指を握ったり開いたりしている。

「どうしたんです。何かあったのですか」

ドラマーが尋ねた。

「うん」

京輔は首を傾《かし》げ、指を見つめている。そこへSF作家の時尾が顔を出した。

「今、何か起きなかったか」

「え」

京輔は目を見開いて時尾の顔を見る。時尾は言った。

「今、変な事が起きなかったかと訊いてるんだ」

京輔が不安げな顔で時尾を見つめる。

「この店の中で、物凄く強力な意識力を感じたんだ」

「あのケーナのせいですか」

　アルトサックス奏者が蒼い顔をして尋ねる。

「いや、そうじゃない。明らかに個人の念力だ。かなり強烈だった。何か起こらなかったか」

「そのせいか」

　京輔が言った。

「やっぱり、何かあったな」

「ええ。急に指が動かなくなるような、どうしようもない不安に襲われたんです」

「あ、それで……」

　ドラマーが言った。

「今も感じますか」

　京輔は時尾に尋ねた。

「いや、今は止んでいる。さっきも君たちの演奏が始まったとたんに感じたんだ。ケーナからも、もちろん霊気が感じられるが、それとは異質のものだ。何者かがこの店に来ているんだろう」

　京輔は無言で考え込んだ。アルトサックス奏者が泣き出しそうな顔で言った。

「なんでこんなことが起こるんだ。みんな、あのケーナのせいじゃないか。捨てちまえよ、あんなもの」

京輔はそれに答えた。

「手放す気になれないんだよ、どうしても。それに、ケーナのせいと決まった訳じゃない。何者かの念力のせいだと時尾さんも言ってるじゃないか。誰かの嫌がらせだとしたら、これは負けるわけにはいかないんだ」

ドラマーとサックス奏者は黙ってしまった。京輔は時尾に言った。

「いったい、どんな奴が念力を発しているんだろう。見つけることはできますか」

「これだけいる客の中からじゃ難しいが、何とかやってみる」

「後半のステージでも何が起こるかわからない。皆、褌《ふんどし》を引き締めていこうぜ」

京輔は二人のメンバーに言った。二人は蒼ざめて頷く。

時尾が客席へ戻って行った。三人は後半のステージの打ち合わせをやってから、ステージへ顔を出した。

位置に着いても三人は落ち着かなかった。京輔は、ピアノ越しに二人の顔を見て頷く。

突然、フォルテが四つも付くような音で、三人はテーマに飛び込んだ。音を出すことによって不安を蹴散らしてしまおうというのだ。

テーマを終え、フリーフォームになる。ドラマーが、右でトップシンバル、左でスネアを叩き鳴らしながら、さかんに右足のバスドラムでシンコペーションを踏み鳴らす。アクセントのところでめ一杯トップシンバルをひっぱたく。

アルトサックスは、短い上昇型のパターンを次から次へと繰り出し、その頂点で力一杯リードを震わせる。

その瞬間、京輔も小刻みの指の動きを止め、音団を飛ばし、ドラマーもシンバルとバスドラムを鳴らす。

そういうふりをバシバシと決めていくうちに、次第に何者かの念力のことなど忘れ、三人は演奏に没入していった。京輔の指もよく動いた。

ドラマーが、トップシンバル、サイドシンバル、スネア、タムタム、フロアタム、ハイハットと、ドラムのありとあらゆる音を駆使して総攻撃をかけてくる。白目をむき出して、上目づかいに、京輔を睨み付けている。

サックスは高音へ飛び上がり、ヒステリックに吹きまくる。その足は交互に宙を蹴っている。

京輔も肘打ちを繰り出し始めた。三人揃って絶頂へ突っ走る。

京輔はちらりとドラマーを見た。その時、信じられないことが起こった。

サイドシンバルのスタンドが、急に真ん中のところからくにゃりと折れ曲がったのだ。ドラマーは蒼くなったが、クライマックスへの道を突っ走っていた彼はもう止まらない。残ったトップシンバルを懸命に叩く。

京輔は時尾を見た。時尾は頷き、店の中を見回し始める。

ステージの三人はそれぞれの楽器の限界の音を吐き出して果てた。

ドラムの合図で一斉にテーマに戻る。それで演奏は終わりだった。

ところが、サックスの音が止まらない。京輔は彼がちょっとばかり溢《こぼ》れただけだと思っていたが、どうも様子がおかしい。何かに憑かれたように夢中で吹きまくっている。

京輔はドラマーに目配せして、もう一度テーマに入るところから繰り返した。まだ、サックスは止まらない。しつこく、もう一度テーマを繰り返す。ようやくサックスが揃った。今度は三人同時にピタリと終わることができた。

ドッと客席が沸く。客は、今の演奏に大喜びだ。なるほど何も知らない人々には、熱狂のあまりの出来事に見えただろう。サイドシンバルのスタンドが曲がったのも、ドラマーが叩き壊した程度にしか感じられなかったに違いない。

京輔たちは挨拶もそこそこにカウンターの奥へ引っ込んだ。時尾も駆けつけた。

「と、突然サイドシンバルのスタンドが曲がったんだ」

ドラマーが言った。

スタンドは直径三センチはある太いパイプでできている。そう簡単に折れ曲がる代物ではない。

「ああ、俺も見ていた。おい、お前は大丈夫か」

京輔はサックス奏者に尋ねた。彼は夢から覚めたような顔をしている。

「急に何をやってるかわからなくなっちまったんだ。二人の音が全く聞こえなくなって、気がついたらピアノのテーマが聞こえて……。それで、あわてて俺もテーマに戻ったんだが……」

「どいつかわかりますか」

京輔は客席を指差して時尾に尋ねた。客は席を立って皆出口へ向かうところだ。

「いや、やっぱり無理だった。しかし、あのスタンドを捻《ね》じ曲げるとは、並の奴じゃないな」

「まさか、俺たちの命を狙ってるんじゃないでしょうね」

ドラマーが言った。

「そんなことはないだろう。だとしたら、今頃、三人とも生きちゃいないよ。その気になれば一瞬にして人を殺せる。それくらい強力な念力の持ち主だ」

時尾は目元に笑いを浮かべて言った。

「目的は何かな。ただの嫌がらせとも思えないけど……」

京輔が言う。

「わからんな。しかし、非常に興味深い現象ではあるな」

「そんな……時尾さん。他人事《ひとごと》だと思って……」

サックス奏者が言う。

「まあ、変わり種のいたずらだと思えばいい。世の中にはいろいろな奴がいるからな。そいつのおかげで今夜はいい演奏ができたじゃないか。ウダウダ言ってても仕様がない。どこかへ飲みに行こうぜ」

京輔が言った。

「そうしよう。俺もちょっと話したいことがある。あんたのケーナについて、ちょっと考えてみたんだ」

時尾が言った。四人は連れだってタクシーで新宿まで出ることにした。

タクシーの中で京輔は時尾に尋ねた。

「何ですか、ケーナについて考えたことというのは」

「うん。ケーナといえばアンデス地方の民族楽器だ。俺の職業柄、アンデスといえば興味を引かれる物が多い。あの辺に残されている古代文明の数々の謎。そして、今でも根強く残っている先祖崇拝のこと……。それらが一つの関係を持っているとしたらだな……。まあ、長くなるから詳しくは後で話そう」

「先祖崇拝って、例のミイラみたいなもののことですか」

「そうだ。しかし、この先祖崇拝は現地では単なる迷信でなく、政治に影響を与えるほど、人々の生活の中に根付いている。ただの宗教儀式でもないような気がする」

「待ってください。さっきの念力も……」

「うん。あるいはな」

タクシーが靖国通りへ出て歌舞伎町に差しかかったところで、渋滞のため動かなくなってしまった。四人はそこで車を降り、歩いて行きつけの店へ向かった。

「じゃあ、あの念力もケーナと関係あるというのですか」

店に入り、水割りを頼むと、京輔は性急に時尾に話しかけた。

「そう考えたほうが話が面白くなる」

三人のジャズマンたちは、興味に目を輝かせて時尾の話に聞き入り始めた。特に京輔は、こういう類の話が大好きなのだ。時尾は話を続ける。

「そして、アンデスといえば、多少その類のことに興味がある者なら小学生でも知っている、インカ、プレインカの高度な文明の話だ」

「ナスカ平原の地上絵なんかですね」

京輔が言った。

「何だい、そのナスカとか言うのは」

サックス奏者が尋ねる。時尾が説明した。

「ペルーの南海岸にナスカ川という川がある。その両岸の台地がナスカ平原なんだが、その台地は鉄分を含んだ黒っぽい小石がびっしり地面を覆っているんだ。これは昔の人々によって別の土地から運ばれて来たものらしい。その黒い小石を箒《ほうき》のような物で掃いてやると、下の白い土が顔を出して絵が描けるわけだ。そういう方法でこのナスカ平原に、鳥や放射状の線や様々な幾何学模様が描かれている。いつ頃描かれたかはわかっていないが、おそらく紀元前のものだろう」

「それがどうしてそんなに不思議なんです」

ドラマーが訊いた。

「その絵はでか過ぎて、地上からじゃ何が何だかさっぱりわからないんだ。飛行機なんかでかなり上空から見て、初めて何の絵かがわかるんだ。紀元前の人々に空から見る絵など、どうして必要だったか、というわけさ」

京輔が説明した。時尾が続けて言う。

「それだけじゃない。この絵の中に滑走路のようなものがあるんだが、そこには一〇キロメートルもの直線が引かれている。これは現在の測量技術も及ばない技術なんだ」

京輔たちは酒を飲むのも忘れがちに聞き入っている。

「まだまだ不思議なことはいっぱいある。チチカカ湖という湖がある。これは海抜四〇〇〇メートルもの山岳地帯にあるんだが、チチカカというのはインディオの言葉で『豹』という意味らしい。二千年以上もそう呼ばれているわけだが、どうしてなのかわからなかった。それが、人工衛星から撮った写真を見て初めてわかったんだ。その高さから見ると確かにこの湖は豹の形をしているそうだ。これは飛行機程度の高度からじゃ、湖が大き過ぎてわからないそうだ」

なるほど、と京輔がにやりと笑う。

「まだまだあるぞ。この写真を見てくれ」

そう言って時尾は、彼をはさんで京輔の反対側に並んで腰かけていたドラマーとアルトサックス奏者に小さな切り抜きを渡した。

「何に見える」

「火星か、月の景色ですね」

とドラマー。

「月だ。月の裏側。そうでしょう」

アルトサックス奏者もそう言った。

「半分正解だ。それもアンデスにある谷の写真で、古くからインディオたちに『月の谷』と呼ばれている土地だ。どうだ、月世界を知っているわれわれ現代人ならなるほどと思うが、大昔からそう呼ばれていることを思うと不思議だろう」

ふうんと言いながら、アルトサックス奏者が写真を京輔に手渡した。何気なく京輔はその写真を見て愕然《がくぜん》とした。それは、京輔にとってお馴染《なじみ》の風景だった。いや、見るのは初めてだが、昔から何度も夢の中や幻覚の中に出てきた風景なのだ。

「これは……」

「どうしたんだ」

京輔のあまりの驚き様に、時尾がびっくりして尋ねた。京輔は、手短にそのことを話した。

「ふうん。あのケーナが君のところへやって来たのも偶然ではないかもしれないぞ。とにかく最後まで話そう。さて話は飛ぶが、ネアンデルタール人と、現生人類のギャップの話を知っているか」

「あっ、知ってます。アウストラロピテクスからネアンデルタール人までは、脳の容積が年代を追って増加しているのに、現代人になると急に減少しているという話ですね」

サックス奏者が言った。

「そうか、あんたは大学時代生物学を専攻していたんだっけな。俺より詳しいかもしれん。滅多なことはしゃべれない」

時尾は笑顔で言う。

「いや、自然人類学は畑違いです。で？」

「うん。ヒトの進化というのはおもしろいんだ。例えばそのギャップの話とか、前歯の話なんてのがある」

「前歯ですか」

　ドラマーが歯をむき出して尋ねる。

「そう。よく進化の度合いの目安に歯の発達を調べるのだが、前歯はネアンデルタール人までは大きさにそれほどの違いはないのだが、現代人になると急に小さくなっているんだ。それに、考えてみてくれ。最初のヒト科と言われるアウストラロピテクスが地上に現われたのは三百万年前だ。それから実にゆっくりと進化をしていって、ネアンデルタール人が現われたのがやっと十万年前だ。ところが、現生人類が現われてからの文明の発達の仕方はどうだ。このスピードは、明らかに自然を逸脱している。ひょっとしたら現生人類は、直立猿人やネアンデルタール人とは別系統なのではないか、という学説があるくらいだ」

「へえ」

　三人が声を上げる。

「ここから、話はＳＦ作家の守備範囲だ。ある遠い星が絶滅の危機に瀕しているとする。そこの住民は優れた科学力を持っていて、その星を脱出する。そして地球にたどり着くわけだ。しかし、それまでの長い旅の間に、種を保存できないほど数が減少していく。新しい星に着いて、そこの星の生物と戦闘するにも、新しい文明を築くにも、人口が減り過ぎては心配だ。そこで、あちこちの知的生物のいる星で奴隷を大量に捕えて来るわけだ。そして、やがて地球に降り立った彼らは、様々な星の生物の遺伝子コントロールを行い、平均的地球人の姿を作り、自ら彼らと交わり子孫を増やしていく」

「なるほど、地球へ来てみるとそれを阻むほどの知的生物はいない。やがて発達するはずのネアンデルタールも、自然淘汰で滅んでいく……」

アルトサックス奏者が後に続いて言う。

「そういう訳だ。最も繁殖力が旺盛で、他に何の取り得もない惑星人が、まず平均的地球人の土台となる。これが現代人につながるわけだ。しかし、中には個性が強い惑星人たちも居て、遺伝子をコントロールしたにもかかわらず、ひょいと素顔を出しちまう者も出てくる。それが、歴史の中で神と呼ばれる超人や、獣人などの怪物となって姿を現わすのだ」

「現在の地球人は、いろいろな惑星人の寄せ集めというわけですね」

ドラマーが言う。

「そうだ。考えてみるといい。インカ帝国のあたりは、砂漠や高山ばかりでとても人間が快く生活できる土地じゃない。なぜそんなところにあんな高度な文明が姿を現わしたのか……」

「なるほど、高度な知的生物が初めて降り立ったのがアンデスというわけですね」

アルトサックス奏者が言う。

「うん。あるいは幻の大陸、アトランティスだと言ったほうが話は面白くなるかな。事実南米のインディオの中には、先祖が空から来た金、銀、銅の卵から生まれた、という伝説を持っている種族がいるんだ」

「なるほど、面白い」

と、ドラマーとサックス奏者がにやりと笑う。

ドラマーが、京輔にふと気づいてそう尋ねた。京輔は、先程の写真をじっと見つめているのだ。時尾もそれに気がついて言った。

「どうしたんです、上杉さん」

「俺は、最初この話を思いつき、自分でも絵空事だと思っていたんだが……。君が、その風景を見たこともないのに知っていたこと。その君のところへケーナが舞い込み、そして何やら超能力を持つ者が現われた。こう考えると少なくとも今話したことの半分は現実だという確信が湧いてくるね」

「どう説明できますか。俺がこの風景の幻を時々見るというのは」

「遺伝記憶なのかもしれない。動物の本能は、遺伝子に組み込まれた記憶だという説がある。もちろん高度な技術やイメージなどは、われわれの常識では遺伝などしないことになっている。しかし、高度な科学力や能力を持つ惑星人が、子孫に何らかの形でメッセージを残そうとしたなら……。そうだ、それで思い出したんだが、不思議とインカ文明には文字が残されていないんだ。彼らには文字など必要なかったのかもしれないな」

「それじゃ、上杉さんは、地球に植民してきた宇宙人のうち、一番高度な惑星人の子孫だというのですか」

サックス奏者がびっくりした顔をして言った。

「何をそんなに驚いてるんだ。考えてみれば当然だ。俺は優秀な血筋なのだぞ」

「まあ、それはどうかわからないが、インカ文明を築いた者たちの血が、長い年月の間に何かの拍子で上杉さんの先祖に混じったと考えても不思議はないな」

時尾が言った。京輔が酔いのせいもあって勢いづく。

「ざまあ見ろ、お前ら。俺の血は優秀なんだ。これは、面白い話を聞いた」

「ちぇ、在日宇宙人が何を言うか」

「前々から不審に思ってたんだ。あんた、他の惑星のスパイだろう」

二人が口々に言う。時尾はしゃべり疲れたのか、三人の言い合いを笑いながら眺めていた。

　一方、上杉、武田デュオの話は、当然武田巌男のところにもやってきていた。武田カルテットのマネージメントを引き受けている西荻窪のライブハウス、テイク・ジャムのマスターのところへ電話が入り、巌男の演奏の日に、マスターはさっそく話を持ち掛けた。

「どうだい。乗るかい、この話」

　マスターは巌男に尋ねる。巌男はへへへ、と笑っている。

「まあ、ちょっとやりにくいわなあ。京輔と別れてから冷戦状態なんだろ」

「そうでもないけど、今は二人ともやっていることが違うから……」

「そうだなあ。でも、ジャムなんだからそれなりにやりようはあると思うぜ」

「でも……。今はあいつ以外と演奏《や》りたくないんだよ。グループの皆にも訊いてみないと何とも言えないなあ」

　巌男は顎《あご》で、リハーサルをしているピアニスト飯田橋を指す。

「メンバーに律儀だからなあ。でも、もう少し欲を出したら?」

「欲はあるよ。このカルテットでいい演奏をうんとしたいし、うんといっぱいの人にも聴いてもらいたい」

「多くの人に聴いてもらいたいなら、今度の話はいいチャンスだよ。放送局が噛《か》んでいて、首都圏だけだがラジオ放送されるらしい」

「でも、カルテットじゃなきゃ意味ないよ」

「気持ちはわかるが……。飯田橋だって、何も言わないと思うぜ」

「そうだよ」

ボソリと飯田橋の声が、二人の背後から聞こえた。二人は飛び上がった。

「ああ、びっくりした。いつの間にそんなところへ……」

「武田さん、いい話だと思うよ、それ」

飯田橋が言う。

「そうだよ。飯田橋たちは、他のプレイヤーともどんどんやってるのに、リーダーのあんただけやれないってことはないだろう」

マスターも言う。巌男は、相変わらずにこにこと笑ったまま、はっきりと返事をしない。

「どうなんだい」

マスターが詰め寄る。

「ま、上杉さん次第だな。さあ、時間だ」

そう言うと、巌男は飯田橋を引っぱって、さっさとステージへ立つ。

そして、いつもと変わらず猛烈な勢いでドラムを叩き始めた。あっという間に店中に音が溢れ、熱気が渦を巻く。

「まーったく、もう」

とマスターは溜息をつく。しかし、その顔にも巌男のドラムに酔わされた笑いが広がっていた。


何が起ころうと演奏はしなければならず、上杉トリオは仕事場の新宿ＪＪハウスへとやって来ていた。

「また何か起きそうな気がするな」

アルトサックス奏者が言った。

「かもしれないな」

京輔はバッグからのぞいているケーナをちらりと見て言う。

「やだよ俺、楽器を壊されて一番金が掛かるのは俺なんだから……」

ドラマーが脹《ふく》れっ面《つら》をする。

「楽器を壊されないまでも、変な気分になるのは御免だよ」

アルトサックス奏者も言う。

「いいか、この間は不意を襲われたから、あんなことになっちまった。しかし、今夜は違う。変な気持ちになりかけたら、全神経を互いの音に集中させて、その念力をはね返しちまうんだ。いいか」

　京輔が言う。

「たとえどんな奴が、どんな理由でやるにせよ、演奏を邪魔する奴に負けるわけにはいかんのだ」

　それを聞いてあとの二人は大きく頷く。

　ステージに出て位置に着いた三人は客席を見回す。もちろん客席は満員で、立ち見も出ている。ざっと百人はいるだろう。誰が超能力者であるかなんてわかるわけがない。

「いくぜ」

　京輔が飛び出す。あとの二人もピッタリとついてきた。短いテーマに続いてフリーフォームに突入する。

　何事も起こらぬうちに一曲終えようと意識しているのか、ドラマーのペースがやけに疾く、ふりが全く合わない。京輔は低音で同じパターンを何度も飛ばし、ドラマーにペースを示そうとした。

　ドラマーがそれに気づき、頷いて、一度、スネア、タムタム、フロアタムと流れて、京輔にペースを合わせてきた。

猛烈な勢いで三人は突っ走り、何事もなく前半のステージを終えた。

「何も起きなかったな」

「きょうは来てないんじゃないか」

「後半も、この調子でいこうぜ」

後半は、三人とも前半に比べかなりリラックスしていた。いつもの調子を取り戻し、演奏もバシバシと決まっていく。

「このまま、今夜は終わりそうだな」

そう京輔が思ったとたん、ドラマーの二本のスティックが一遍に空中で折れた。破片が宙を舞う。ドラマーは条件反射的に、バスドラムとハイハットを踏み鳴らしながら、スペアのスティックを取り出した。

「来やがったか！」

京輔は、二人の仲間に目で合図する。

「気をつけろ」

心の中で叫ぶ。二人は目で頷く。演奏には十分に加速がついていて、もう止まらない。

ドラムのタムタムの連打が飛んで来る。そろそろ勝負を仕かけてくるのだ。京輔とアルトサックスは、その誘いに乗って、パワーを徐々に上げていく。

その時アルトサックスのボルテージが、みるみる低下していった。見ると、苦しげにもがいている。

「惑わされるな。音だけに神経を集中させろ」

京輔は心の中で叫んで、低音の音団を何度も繰り返し打ち出した。

はっとしてアルトサックス奏者が京輔を見る。目が合った。京輔はなおも続け様に上昇するパターンを出す。アルトサックスは、それについて、同じパターンを吹き始める。彼はみるみるうちに持ち直す。

京輔はほっとした。とたんにドラマーがトップシンバルとバスドラムの一発を飛ばしてくる。

京輔は肘で高音域を叩き鳴らして、それに応える。また三人は高揚していった。

今度は京輔の番だった。急にけだるい気分に襲われ、何もかも止めちまいたくなってきた。左手はもう止まりかけている。

「い、いかん」

京輔はアルトサックスの音に耳を傾けた。念力は強烈だった。どうやら、本当の狙いは京輔らしい。

アルトサックスの音が、京輔の意識の中でラジオのフェージングのように強くなったり弱くなったりしている。汗まみれの額に新たに冷たい汗が噴き出してきた。

「もっと強く吹け、もっと強く叩いてくれ」

京輔は拳で鍵盤をガンガンと殴りつけた。

驚いたドラムとサックスは必死に叩き、吹き始めた。

京輔は見えない敵と懸命に闘っていた。何者かの意識は、益々強くなっていく。相手も必死なのだろう。京輔はそれをはねつけようと、両腕を狂ったように動かした。本当に発狂寸前だ。

中音域で指をさかんに動かしていたら、CとDフラット、Dの三本の弦が、一遍に切れた。これは京輔のタッチのせいではなく念力のせいだ。

京輔と、何者かの意識が空中でからみ合い、唸《うな》りを上げているようだ。

京輔は焦った。ピアノの弦をやられてはお手上げだ。

「うおー！」

京輔は叫び声を上げて、一気に勝負に出た。ドラムと、アルトサックスも一斉に高揚する。三人は一丸となって絶頂へと突っ走った。

そのままテーマへ突入する。とたんに京輔は楽になった。相手の意識がかき消えたのだ。

トップシンバルの一打で演奏を終えた。轟然と客席が鳴り始める。拍手と喚声の嵐だ。

その時、客席の後方で一人の男が崩れ落ちるように床に倒れた。

店の者が駆け寄る。京輔たちもステージを降りてそこへ走った。

「救急車だ」

店の者が叫んでいる。

三人のプレイヤーは眉にしわを寄せ、立ち尽くしたまま倒れた男を見ている。

「こいつだな……」

アルトサックス奏者がつぶやく。

「ああ」

京輔もつぶやくように答える。

「まだ、ガキじゃないか」

確かに倒れているのは少年だった。それも、よく見ると日本人ではないらしい。浅黒く日に焼けたその顔立ちは、日本人と変わらないがどこか違っている。

「インディオか」

京輔が言った。

「インディオだって。じゃ、インカの子孫だな、こいつは」

アルトサックス奏者が言う。

「何だって、俺たちに嫌がらせなんか……」

「だいたい見当はつく。あのケーナのせいだろう。しかし、今はそんなこと言っている時じゃない。とにかく病院だ」

京輔が言った。

「俺たちとの闘いに精神力を使い果たして気を失ったんだろう」

「俺たちはこいつに勝ったんですね」

ドラマーがぼんやりとして言う。救急車のサイレンが聞こえてきた。店の入口に救急車は横づけされ、少年はタンカで運ばれて行く。

「どなたか付き添いの方は……」

係員にそう言われて、京輔が出た。

「俺が行こう」

「お、おい……何で、あんたが……」

アルトサックス奏者が、そでを引っぱる。

「じゃ、お前が行くか」

「そ、そんな」

「それなら俺が行く。楽屋からバッグを持って来てくれ」

「じゃ俺も一緒に行こう」

「いや、ひとりでいい」

そう言うと、京輔は店の者からバッグを受け取り、さっさと救急車に乗り込んだ。サイレンを鳴らし、車は最寄りの指定病院へ向かう。

少年を診た医者は、銀縁の眼鏡を掛け、白髪《しらが》混じりの頭髪をピッタリとオールバックに固めた神経質そうな男だった。彼は、少年の診察を終えると、看護婦に栄養注射の指示を与え、京輔に言った。

「よほどひどいショックがあったようですね。気がつくまで、そっとしておきましょう。それにここしばらく、ろくな物を食べていないようですね。かなり体力が衰えています。しかし、食べて眠ればすぐ元通りに戻りますよ」

元通りといわれても、元がどんな少年なのか京輔には見当がつかなかった。

京輔は医者に礼を言って病室に寝かされている少年を見た。まだ、当分気がつきそうにないように見えた。看護婦ひとり残して、医者は病室から出て行った。

こんな病室は一晩どれくらいの金を取られるのだろう。京輔はちらりと考えた。個室だったから一流ホテル以上の値段に違いない。

京輔は少年が目を覚ます前に食べ物を買っておこうと思い、付き添っている看護婦に深夜まで開いている店を尋ね、サラミやチーズ、パン、ミルクなどを買い込んで来た。京輔が病室に戻った時もまだ少年は眠り続けていた。

「気がついたら呼んで下さい」

そう言うと看護婦も出て行った。

少年が意識を取り戻したのは午前三時を回った頃だった。枕元のブザーを押すと、医者と看護婦が現われ、もう一度診察をした。

「大丈夫です」

そう言うと皆また去って行った。愛想も何もあったものではない。

二人きりの部屋は重い沈黙に支配されていた。京輔は何か言わねばならなかった。

「英語は話せるか」

京輔は英語で尋ねてみた。彼は英語なら自信がある。

少年は鋭い眼で京輔を睨みつけていたが、やがてその重い口を開いた。

「少しなら話せる」

「オーケー、じゃ質問させてもらう。君は俺たちの演奏の邪魔をしたな、いいや誤魔化してもだめだ。俺にはわかるのだ。なぜだ。ただのいたずらとも思えないが」

少年は相変わらず憎しみとも取れるような鋭い眼で京輔を睨みつけている。京輔もじっと睨み返す。

しばらく沈黙が続いた。

やがて少年がポツリと言った。英語だ。

「僕をここへ運んでくれたのはあんたか」

ちらりと、その目はベッドの脇にある食べ物を見る。京輔は気がついて、食料を少年のところへ持って行った。

「食べるといい。ろくに食っちゃいないんだろう」

しばらく疑いの眼を京輔に向けていたが、空腹には勝てないらしく、少年はサラミと、パンにかぶりついた。瞬く間にサラミやチーズ、パンなどを平らげていく。食べ終わったところで京輔は言った。

「さあ、さっきの質問に答えてもらおうか」

少年の眼に鋭い光が戻った。彼はたどたどしい英語で言った。

「あんたケーナを持っているだろう」

「やっぱり、あのケーナが関係しているのか。どうしてなんだ。俺があのケーナを持っていてはいけないのか」

少年の瞳はいっそう光り輝いた。

「あれは……」

「何だ」

「あれは、僕のケーナだ」

「そんなことわかるものか。あれは俺が友達から貰った物だ。君の物だという証拠は何もないだろう」

「あれは僕のケーナだ」

「だから、証拠がないと言ってるだろう」

「あのケーナが僕を導いてくれた。だから、僕はやって来た」

「どこからだ」

「ペルー」

「何だって。たった一本のケーナを追ってペルーからやって来たというのか」

今度は京輔が絶句する番だった。

「そうだ。あのケーナが僕を呼び続けたのだ。僕は、すべての財産をはたいて、船でヨコハマまで来た。船で働きながら……。そして、ケーナに呼ばれるまま、あんたのところへやって来た」

京輔は時尾が言っていたケーナの霊気のことを思い出した。少年は続けた。

「あのケーナは、僕が祖父から貰った物だ。祖父は偉大な祖先の力を受け継いでいた。そして、祖父の祖父もそうだった。あのケーナは、僕に必要な物で、他の誰にも必要ではないのだ」

「なぜだ」

「あれは僕のケーナだからだ」

話になってない。京輔は溜息をついた。何を言おうか言葉を探していると、少年が静かに語り始めた。

「僕の祖先は暗い暗いところを長い間旅して、赤い台地にたどり着いた。そこで、いろいろなものを作った。神殿、住居、畑、そして音楽だ。あのケーナはその祖先の音楽を吹くための物だ」

「誰がそんなことを教えてくれたんだ」

京輔は時尾の話を思い出して背筋がゾクリとした。

「その笛を吹いていると、幻の中に金色をした先祖が現われて教えてくれる。先祖のいた世界に僕を誘ってくれるのだ」

ひょっとしたら時尾の言っていた遺伝記憶ではないか、と京輔は思った。

「俺にはわからない。なぜ、君がそんなにあの笛を追い続けなければならないのか」

「本当に、わからないのか」

「何だって？　どういう意味だ」

「僕は、最初あんたがあのケーナとは無縁な人間だと思っていた。でも、あんたを見ているうちにわかった。あんたは、僕らとそう遠い人ではないことが」

「俺は日本で生まれ、日本で育ったんだ。両親だってそうだ。なのに、ペルーに住むあんたと何の関係があるというのだ」

「時や土地の隔たりは僕らの先祖にとっては何の障害にもなりはしないのだ」

それを聞いて京輔は寒気を覚えた。時尾の空想話のひとつひとつが現実として目の前に突きつけられているような気がしてきたのだ。いや、これを現実と呼んでいいかどうか京輔にも判断しかねるのだった。

「君にあのケーナが必要なのは、先祖のメッセージを受けるためになのか」

「いや、故郷の音を奏でるためであり、そして、あれが僕の笛だからだ」

「故郷の音楽って何なのだ。アンデス民謡のことか」

「そうじゃない。あんたは、半分理解しているのに、なぜ、それを認めようとしないのか」

「何がわかっているというのだ。言ってくれ、はっきりと。君が言う故郷というのはアンデスのことだろう」

「違う」

「じゃ、何だと言うのだ」

「宇宙と呼ばれる自然のことだ」

京輔は絶句した。考え込むべきか、頷くべきか、笑い飛ばすべきか、しばらく彼は躊躇《ちゅうちょ》していた。

少年は言った。

「あんたは気づかないのだろう。あんたは自分のために音楽をやっている。しかし、それはそのまま自然という故郷の音楽《うた》なのだ。われわれの祖先の造った物は、ある時は栄えたが、やがてほとんどが滅んでいった。しかし、音楽だけはあんたのように、祖先と同じ心を持つ者によって今も逞しく伝えられている」

それは神の声にさえ聞こえた。

京輔は、もう口をきくことはできなかった。

「僕も同じだ。故郷の歌のためにあのケーナが必要なのだ」

少年は言った。静かだが力強い口調だった。悲しみすら感じられる響きがあった。

「ケーナを……返してくれないか」

京輔は頷かざるを得なかった。それを見て少年はようやく微笑を漏らす。その顔は、不思議なほど無邪気だった。

京輔は、もう抵抗する気もなくなり、ケーナをバッグから取り出した。少年はケーナを受け取り、頷いて言った。

「僕には感じられる。あんたがわれわれの遠い祖先と、同じ血を持っていることが」

こんな話を誰が信じられるだろう。京輔自身、とうてい信じられない。しかし京輔は、訳もわからず感動していた。時尾の話が頭の中で少年の声と重なっていた。

「本当を言うと、俺は、このケーナを君以外の誰にも渡しはしなかっただろうという気がしているんだ」

「礼をまだ言ってなかった。あんたにはいろいろ世話になった」

そう言うと少年は立ち上がった。

「どこへ行くんだ」

「用は済んだ。僕は帰る」

もう夜明けだった。京輔はもっと彼と話していたかった。

「もう行っちまうのか」

少年は静かに頷いた。

「さようなら、兄弟」

彼はそう言って、ドアを開けて出て行った。ドアがカチャリと音を立てて閉まる。

ひとり残されて茫然としていた京輔は、あることに気づいて愕然とした。今まで二人は何語で話していたのだろう。最初は確かに英語で会話をしていた。しかし、京輔は、途中からどうも自分が日本語で話していたような気がしてしかたがなかった。少年も母国語で話をしていた気がする。それでも何の違和感もなく話ができた。と言うより、今考えてみると不自然に違和感がなさ過ぎたのだ。

「これがテレパシーという奴か」

京輔は夢を見ているような気分だった。しばらくぼんやりと窓の外を眺めていた。外はみるみる明るくなっていく。

そのうち、ふと、ひとつのことを思い出して、京輔は立ち上がった。

「ひとつの勝負は終わった。だけど、もうひとつ俺にはやらなければいけない勝負があった」

それは京輔の中で徐々に大きくなっていくのだった。必死に忘れようとしていたことだった。なのに今は、なぜか京輔の心を奮い立たせている。

「俺は、本当はやりたかったのかもしれない」

それは、武田巌男とのデュオの話だった。

京輔は病室を飛び出した。看護婦に、少年が失踪したこと、自分は少年と縁もゆかりもないこと、金は自分が払うことを告げ、一度自宅へ戻った。

仮眠しようとしたが、なかなか寝つけない。心の中で彼はしきりにつぶやいていた。

「やらなくちゃ。やらなくちゃ」

なぜだか、京輔にもわからなかった。しかし、少年に出会ってから心が一変し、武田巌男と是非もう一度勝負しなければならない気がしていた。全く説明のつかぬ心境だ。

矢も盾もたまらなくなった彼は、昼頃自宅を出て、自分の音楽事務所へすっ飛んで行った。

「西村はいるか、西村」

「何ですか、騒々しいな」

「おう、西村。武田とのデュオの件な……」

「あれなら必死で断わりましたよ。まったく。苦労したんだから」

「俺は、あの話乗るぞ。オーケーだ。すぐ話をまとめて来い」

「何だって……」

西村が目をむいた。

「どういうつもりだい。断われというから断わって来たんだぜ。いまさら、なにを……」

「悪かった。俺が謝る。話をまとめてくれ」

「しっかし、ジャーマネを何だと思ってるんだ」

「ヒモだと思ってる」

「な……」

「悪かった、悪かった。今のは冗談だ。頼むよ」

「まったく、もう……」

西村は脹《ふく》れっ面をしたまま電話をかける。受話器を持ってぺこぺこと頭を下げている。電話を切ると、凄い眼で京輔を見て言った。

「いいか。これから話をつけて来る。今度気が変わったなんて言っても知らないからな」

「わかった、わかった」

西村が文句を言ってた割には話はとんとん拍子に進んだ。考えてみればうまく運ぶのが当然で、この企画は今回のジャムセッション・コンサートのメイン・イベントなのだ。

巌男のところにも、京輔が話に乗ったという知らせが来た。

テイク・ジャムのマスターが言う。

「嫌とは言えんだろう。いまさら」

巌男は困ったような笑いを顔に浮かべながら言った。

「初めから嫌とは言ってないよ。上杉さんがそう言うなら……」

「ようし、話は決まった」


それから一カ月が過ぎた。

ジャムセッション・フェスティバルの幕は切って落とされた。場所は銀座のYホール。前売りのチケットはあっという間に売り切れ、立ち見用の当日券も底をつきそうだった。日本のジャズ・コンサートでは、まず有り得ない現象だった。

ベテラン・アルトサックス奏者と若手のリズムセクションの組み合わせ。人気トロンボニストと、若手ギタリストの共演など、多彩なメンバーが会場を沸かせた。

会場はしだいに熱くなっていく。プログラムは順調に進んだ。

そしていよいよ武田巌男と上杉京輔のデュオだ。

MC《しかい》が二人の名を読み上げる。会場はドッと沸いた。

まず、巌男がステージに姿を現わす。彼は、全くいつもと変わらず、にこにこしながら位置に着く。そして京輔がピアノに着く。会場がぶっ壊れそうな拍手と喚声だ。

京輔と巌男は目で頷き合う。ファンの誰もが待ち望んでいた瞬間だ。会場が静かになる。弓を一杯に引き絞った緊張感を持った静けさだ。

突然、巌男のスネアが甲高く叫び声を上げた。スネアの連打、それにトップシンバルが加わる。そして、バスドラム。のっけから武田サウンドが響き渡る。ドラムソロのイントロだ。

二本のスティックが、小刻みに、しかも力強く動きながら、スネア、タムタム、フロアタムと流れ、タムタムの短い連打と続く。ピアノを誘う合図だ。

京輔が入る。その瞬間から巌男はカッチリとフォービートを打ち始める。曲は、大スタンダードの『枯葉』だ。

当然、フリーのデュオが聴けると思っていたファンはびっくりした。しかし、巌男のドラミングの華麗さにしだいに呑み込まれていく。ただのフォービートを叩いていても、左手のスティックは気ままにドラムセット中を駆け回り、右足のバスドラムは強烈なアクセントを叩き出す。

そのまま、テーマを二度繰り返す。京輔のピアノも美しいメロディーを存分に歌い上げた。

そして京輔がソロを取る。京輔は何とか自分のペースに持って行こうと、わざとビートをはずして巌男に誘いをかけた。が、巌男はそれにバシバシと反応しつつも、絶対にフォービートを崩そうとはしなかった。これが現在の巌男のスタイルだからだ。

しだいにドラムが静かになっていく。スネアが止み、トップシンバルが止む。ハイハットだけを左足で踏み鳴らし、しばらくビートを刻んで、やがて、それも止む。

すると、京輔は呪縛を解かれたようにフリーでソロを取り始めた。右手、左手の指が自由に鍵盤を駆け回る。かと思うと、急にカリカリと右手が高音域へ走って行き、突然左手で、低音の塊を弾き飛ばす。そのまま低音で同じパターンをしばらく続け、また高音部へ展開していく。

京輔は高揚してきた。客も、興奮してくる。会場はどんどん熱くなっていった。巌男は身動きもせず京輔を見つめている。

京輔は、何度か高音域へ展開するパターンを続けておいて、巌男に目配せした。巌男は頷いてブラシを取り出す。

幾度目かのピアノの高音部への展開の頂点で、巌男はブラシをスネアに振り降ろした。甲高い音が響く。そのまま巌男は見事なスネアワークを続ける。

そのスネアの連打に合わせ、京輔はもう一度右手を高音域に走らせた。その頂点で、巌男のトップシンバルが鳴る。客が喜んで拍手をする。

巌男の二本のブラシが、スネアだけでなくシンバル、タムタム、フロアタムと、次々に振り降ろされていく。京輔はそのたびにぴったりと合わせて、音の塊をピアノから発射していた。客は見事に反応した。

やがて京輔は、両手でガンガン鍵盤をひっぱたいておいて、ピタリと止んだ。同時に巌男もハイハットで締めくくる。そこから『枯葉』のテーマに戻る。巌男もブラシでフォービートを奏でていた。この二人だから可能な見事な離れ技だ。客は溜息と喚声を漏らし、拍手を送る。

テーマをツーコーラス入れて、京輔が止む。ドラムソロだ。巌男はブラシのままソロに入る。最初はメロディーラインを感じさせるようなパターンを打ち出す。

徐々にバスドラムが強くなっていき、フォービートのパターンが崩れる。と思ったとたん、両手はドラムセット中を駆け回っていた。ブラシでこれほど強烈なソロを取るドラマーはいないだろう。

ブラシは曲線を描いて宙を舞い、空中で弓のようにしなっている。巌男はじっと目を閉じ、ややうつむき加減で、左肩を上げて二本のブラシをあやつる。上体はどっしりと不動だが、手首から先は目にも止まらぬほど激しく躍動している。

右手のブラシでフロアタムをしつこく叩き、振り上げたとたん、ブラシがバラバラになった。巌男はうつむいたまま横目でちらりとそれを見ると、右手のブラシの残骸を捨て、スティックを抜き出した。左手にそれを持ち替えると、もう一本右手でスティックを引き出す。

それらの行為が一瞬にして行われた。ドラムの音は全く跡切れなかった。

一挙にドラムの音が、パワーアップされる。強烈なドラムソロが延々と続いた。

京輔はピアノに片肘をついて、じっと巌男を見つめていた。いや、見とれていたと言うほうが正確だろう。巌男のドラムソロは、全力疾走する蒸気機関車そのままの迫力だった。

連続して鳴り続けるスネア。腹の底にどっしりと響いてくるタムタム、フロアタム。耳をつんざき、天井を突き抜けるシンバル、そして、ステージの底が抜けるようなバスドラム。巌男のエネルギーは底無しだった。

ふと、京輔は顔を上げた。猛烈な巌男のドラムの音に混じって、何か別の音が聞こえた気がしたのだ。京輔は目を閉じた。そして闇の中でじっと耳を澄ませた。

「聞こえる」

　フルートと尺八を合わせたような哀愁を帯びた笛の音。それはケーナの音色だった。そして、閉じた目の奥を、一瞬、赤茶けた砂漠と谷の風景が横切った。京輔はカッと目を開いた。巌男を見る。すると巌男も、不思議そうな顔をして京輔を見ている。猛然とドラムを叩きながらだ。

「お前にも聞こえたか」

　京輔はつぶやいた。

「ようし、俺とお前の故郷の歌だ。いくぜ」

　京輔は、巌男に向かって両腕を振り上げて見せた。「いいよ」と言うように巌男は笑って頷く。二人で顔を見合わせたまま、京輔は音の塊を三発発射した。それにぴったり合わせて、巌男はバスドラムとトップシンバルを三連打した。客が喚声を上げる。

　そのまま二人は壮絶なフリー・デュオに突入していった。

「なぜ、俺と武田にケーナの音が聞こえたんだろう」

　ちらりと京輔は考えた。その瞬間に巌男のトップシンバルの音が飛んで来た。もう限界に思えた巌男のボルテージが、さらに上がっていく。右手に持っていたスティックが折れる……と言うよりも先が砕け散った。目にも止まらぬ疾さでスペアのスティックを抜き出す。事実、もう二本のスティックの先は疾過ぎて見えないのだ。

　京輔も高揚してきた。嚙みつきそうな顔で巌男を睨み、滅茶苦茶に鍵盤を叩く。ステージの上で炎が噴き上がっているかのようだ。

客が一人二人と立ち上がり、やがて会場中が総立ちになった。

巌男のスティックが空中に描き出す弧が、次第に大きくなっていく。ドラムセットは楽器の限界の音に達している。京輔も拳と肘の総動員だ。

「勝負だ」

京輔は心の中で叫んだ。客は大喚声を上げる。その拍手と大喚声の中、二人のプレイヤーはクライマックスへの道を猛然と突っ走って行った。

処女航海

BST－84195（BLUE NOTE）
〈パーソナル〉
ハービー・ハンコック（p）
フレディ・ハバード（tp）
ジョージ・コールマン（ts）
ロン・カーター（b）
アンソニー・ウィリアムス（drs）

リュウは、暗闇の中に坐っていた。いつからそうしているのか彼にはわからなかった。つい今しがたそこにやって来て椅子に腰かけたような気もするし、あるいは、生まれた時からずっとそこにそうして居るような気もした。

突然、淡い光が瞬いた。その光はゆっくりとフェイド・インしてゆくと、目の前に冷たく光るピアノの曲線が浮かんだ。

ピアノが静かに和音を鳴らし始める。ユニゾンのリズムで、ベースとドラムがその和音にからんでいる。

リュウの目は、暖かい色をしたベースの木肌を捕え、次に、鋭角的な光を滑らせるドラムセットを捕えた。

静かな和音によるイントロが続いた。

やがて、どこからか湧き出るように、トランペットの金属的な音と、サックスの柔らかい音が、テーマを奏で始める。

薄暗い照明に、紫煙が層を成してゆらめいている。リュウは、酒に酔ったような心持ちでぼんやりと、客が吸う煙草の赤い光の点を眺めていた。

不安と、言葉に尽くせない喜びをいっぱいに孕《はら》んだ帆を青空に広げ、夜明けの光の中を、旅立つ。リュウは、そのテーマを聴きながら、そんな情景を思い浮かべていた。テーマがクレッシェンドしていったと思うと、シンバルの一打で、テナーサックスがソロに突入した。

ピアノ、ベース、ドラムのバッキングは、静かに揺れ続ける海面を思わせた。その中を、流れるように、テナーのソロが突き進んでゆく。

続いて、トランペットにソロが渡る。彼は風になりきっていた。船体の上を軽やかに吹き過ぎて行き、ある時は逆戻りし、マストに吹きつけては、空中で鮮やかに渦を巻いた。

やがて、舳先《へさき》で波をかき分けて進む力強い船の姿が浮かんで来る。その船は数々のクルーたちの恋人であり仲間であった。そんな優しさに満ちたピアノのソロである。それは夜明けの海の静けさの中を、目覚めるようなさわやかさで進んで行く船をリュウに連想させていた。

ドラムとベースは、終始、自我を抑制して見事に海の風景を描写し続けていた。

やがて、再び全員が静かにテーマに戻る。イントロと同じバッキングの中、トランペットが、ビブラートをかけて風をそよがす。次第にフェイド・アウト。

演奏は終わる。薄暗がりの中からしなやかな拍手と、暖かいかけ声が湧き起こった。

リュウは、拍手と指笛の中で、誰かの吸う煙草の赤い光点を見つめていた。小さなジャズ・クラブを支配する、お決まりのけだるさと、わくわくするような期待感と、放り出されたような安堵感《あんどかん》が、入り混じってリュウの胸の中に漂っている。

赤い光点は、リュウの視界の中で揺れている。その向こう側には重たげなドアがあった。

「あのドアの向こうには」リュウはぼんやりと思っていた。「光にあふれたまぶしい世界があって、俺の恋人が立っている筈《はず》だ」

グループは二曲目の演奏に入っていた。ドラムが、得意げに、疾《はや》いテンポでフォービートを叩き、トランペットとテナーサックスがアップテンポのテーマを吹いていた。ピアノとベースはそれをぴたりとフォローしている。一糸乱れぬ呼吸だった。

リュウはやみくもに思っていた。あのドアの向こうに行かなければ、と。目の前では、まだ、赤い煙草の火が揺れている。

立ち上がろう。リュウはもがいていた。しかし、体重が数倍にも感じられ、腕を動かすことさえできないのだった。

サックスの音が全身にからみついていた。

「ドアを開けろ」

リュウはうめいた。

「ドアを開けろ。ドアを開けろ。ドアを……」

リュウは叫び出した。肺一杯に空気を吸い込んで、それを声にして一気に吐き出していた。

しかし、トランペットが、その声をかき消してしまった。

突然、五体が軽くなった。体中にぶら下げられた錘《おも》りが、瞬時に切り落とされたような気分だった。

リュウは、勢いをつけて立ち上がった。が、下半身がすっぽり切り取られたように力が入らず、彼はそのまま、もんどり打って床に転がってしまった。

急速に覚醒してゆく気分だった。顔を上げた。

まず、ジャズのメロディーが耳から遠ざかっていった。

客の吸っていた煙草の火の赤い光点は、次第に輪郭を明らかにしていき、やがて、赤く光るパイロット・ランプとなった。

客たちのざわめきも去り、正確に抑制された何かの機械音がそれにとって代わった。

リュウは四つん這いのまま、頭を左右に大きく振った。そこは、船橋《せんきょう》のようだった。どうなっているのか、一瞬、彼の頭脳は反応を拒絶しているようだった。今、彼がどんな状況にあるか把握できなかったのだ。

その時、かすかなモーター音がして、パイロット・ランプの脇にある金属製の扉が開き始めた。エレベーターのドアのように、左右の壁に呑み込まれるように、十センチ、二十センチ、ドアは開いていった。

まばゆい光が向こう側にあった。思わずリュウは目を細める。

全開されたドアのところに、逆光になって、霜柱のような影がひとつ立っていた。

リュウは目を開けてあらためて気づいたが、決して向こう側がまぶしいのではなく、今までリュウの居た部屋が真っ暗だったのだ。

「リュウ……」

その影は、そう呼びかけた。

リュウの頭脳はようやく正常な活動を開始していた。幼児が、昼のまどろみから覚めるように、一抹の苦々しさを胸中に感じながらも、彼の理性は徐々に正常な働きを回復していた。

「リュウ、大丈夫？」

「ああ、もう平気だ、レイラ。軽い発作だった」

「側《そば》に居てあげましょうか」

たどたどしい言葉つきでレイラと呼ばれた影は言った。発声の仕方自体がおかしかった。慣れない国の言葉を話す時の、あの独特のつまずくような話し方だ。

「いや俺が、そっちへ行こう」

リュウはそう言うと、暗がりの中で立ち上がった。耐G用のジャイロ・シートの小部屋を出ると、そこは明るい船橋の中だった。

細い影でしかなかったレイラの姿が、リュウの目に飛び込んだ。

「いつ見ても、びっくりするくらいきれいだな」

リュウは、満足げに微笑しつつ、そう思った。

レイラは小首を傾げてリュウの様子を見つめている。その瞳は、透きとおるような緑色だった。そして、腰のあたりまであるつややかな髪も、見事な緑色だった。肌は、文字通りの色白で、かげりの部分が、これも淡く緑色がかっている。その容貌は、まず男と名のつく生き物であれば気を引かれずにいられないほどの美しさだった。と言っても、それは地球の男だけのことだ。

レイラの住む星系の民族は、例外なく地球人の美意識に合致した容姿を持っていた。これも宇宙の中の偶然のひとつに過ぎない。しかし、それは、花を見て誰もが美しいと感ずるのと、大差ない感覚であった。

「リュウ、病気はひどくなっているのではないですか」

たどたどしくレイラは話しかけた。

「なあに。たいしたことはない」

病気というのは、宇宙病の一種のことだ。地球を離れて数カ月。彼は、精神状態に軽い失調をきたしていた。

「誰にでも一度はある、船酔いみたいなものさ。それに、これが宇宙の旅人としてのパスポートを得る資格試験みたいなものだと言ったのは、レイラ、お前じゃないか」

リュウは、ほほえみながら言った。レイラの表情は人形のように変化しなかった。しかし、同様に微笑したがっていることがリュウには十分わかった。

「そう。今が一番つらい時。それを乗り越えて、宇宙の旅人のパスポートを手に入れないと、とても外洋へ出て行くことはできない。でも、きっとリュウならできる。レイラは信じている」

リュウは、レイラの肩をそっと抱いた。肩はひんやりと冷たく、レイラの髪は青葉のように若々しい匂いがした。

「リュウ、さっき夢を見ていたでしょう」

「ああ。確かに幻覚に襲われていたな」

「苦しい夢？」

「いや、そうでもない。どちらかと言えば楽しい夢だ」

「レイラに教えて」

「よし、話してやろう」

リュウは、船橋に置かれているシートに腰を降ろした。レイラが向かい側に坐る。

「地球にある音楽というものの夢だ」

「オンガク？」

「そう。大気の震動を様々に組み合わせて、それを、俺たちは、この聴覚で捕えて楽しむんだ」

レイラは小首を傾げて黙って聞き入っている。リュウは、半ば自分に話しかけるように語り始めた。

「ジャズという音楽があった。俺が夢で見ていたのは、何百年も昔に録音されたレコードだ。俺がある町の古いクラブで飲んでいる時、たまたまかつての演奏を再現するフォログラフを上映していて、その曲を知ったんだ」

遠くを眺めるような目つきでリュウは語り続けた。

「ジャズというのは、ひとりひとりの演奏者が自分を最大限に表現しようという音楽だった。自分自身の心の底から噴き出す情熱を互いにぶつけ合って、それで作り上げてゆく音楽だった。個人を、全体の中で生かし、自分が生きることで全体を生かす。そんな音楽だったんだ。わかるかい、レイラ」

レイラは、ゆっくりと頷いた。

「ジャズというのは、宇宙のパスポートによく似ている」

「宇宙のパスポートに？　どういうことだい」

「それは、リュウがパスポートを手に入れた時にわかる。とてもよく似ている。それは、きっと、リュウが一番よくわかるはず……」

レイラが宇宙の旅人のためのパスポートと呼ぶものが、どんなものであるかリュウにはまるでわからなかった。リュウだけではない。地球人の誰もがその存在を知らなかったのだ。

レイラは、そのパスポートがない限り、どんな生命体も決して外洋を航海することはできないと言った。

事実、地球人で外洋を旅して帰った者はまだ一人もいないが、レイラの民族は、はるか太陽系の外から、今リュウが乗っているような船で旅をつづけてきたのである。しかも、レイラはたったひとりで旅を続けていたのだ。これは地球人にとって信じることのできない事実であったが、レイラは、宇宙を旅するためのパスポートを手に入れさえすれば、地球人にでも可能なことだと言うのだった。

「リュウの国の人たちは、まだ宇宙が何であるかわかってはいない」

レイラは淋しそうに言った。

「そのようだな。お前に市民権を与えようとせず、俺たちが結ばれることも認めようとはしなかった」

　そうリュウが言うと、レイラは、ふと押し黙ってしまった。

「どうした、レイラ……」

「リュウは、後悔していないか」

「何をだい……」

「リュウの国で言う意味での結婚を、レイラとリュウはできない」

「何を言うんだ。俺とレイラは結ばれて、こうして旅に出たんじゃないか」

「そのために、リュウの市民権もなくなってしまった」

「いいんだ。もう、そのことは言うな」

「それに、リュウたちの結婚というのは生殖を前提としている。でも、レイラとは……」

「何も言うな。いいかレイラ。お前にも愛情というのはわかるな。いや、愛情に関しては、俺たち地球人よりずっと敏感なはずだ。わかるな、レイラ。俺が何を言おうとしているか」

　レイラは、頷いた。その表情には何の変化もないが、きっと彼女が地球人なら頰《ほお》をバラ色に染めていただろう。

　レイラの星系で、地球人型をしているのは、女性だけである。言ってみれば、人目につくのは女性だけなのだ。それは地球人とは生殖の方法が異なることを物語っていた。彼女らは、進化の過程に、多くの植物としての要素を持っていた。髪や瞳が緑色をしているのも葉緑素《クロロフィル》の名残《なご》りである。

「それに、俺はお前と一緒に旅立ったお陰で、地球人で初めて宇宙の旅人のパスポートを手に入れることができるかもしれないんじゃないか」

レイラは、静かにリュウに身を寄せて来た。もちろん、彼女らの間には愛する者と身を触れ合わせるという習慣などない。しかし、レイラはリュウのために、そういう行動を取るのだった。あたかもリュウの心の中に自分の幸福を見つけようとするかのように。リュウは、そのけなげさが愛《いと》しくて、思わず肩を抱いていた。気のせいか、その肩から温《ぬく》もりが伝わって来るような気がした。

「地球の市民権が何だ。そんなもの糞くらえだ。宇宙のパスポートに比べりゃ、何の意味もありゃしない」

「リュウだけだった。レイラの言っていることを信じてくれたのは。あとの人たちは、レイラのことを、地球にある植物と同じに見ていた。レイラに意志があることを誰も考えてくれなかった」

「それは」

リュウは、少し顔を赤らめながら、口ごもって言った。

「レイラが、地球人には美し過ぎるからだよ。地球の花のようにね」

「……その花も感情を持っている。レイラには、わかる。いつか、地球もレイラのような人間でいっぱいになるかもしれない」

「植物が進化してかい……いや、こんな話はよそう。今、ここには二人っきりなんだ」

レイラは、頷いた。

「しかし、いつになったら、外洋へ飛び出せるんだ」

「それは、リュウがパスポートを手に入れた時」

「それは、いつやって来るのかな……。永遠に手に入れることはできないのかもしれない」

レイラは、かぶりを振って言った。

「それは、もうじき。レイラにはわかる。リュウの病気は、本当は病気ではない。それは、パスポートへのワンステップ」

「なんだって」

リュウはレイラの美しい顔をまじまじと見つめた。

その時、船が低く唸り声を発し始めた。この船は、全身人工頭脳の塊だった。リュウが初めて船の構造をレイラから話された時、何から何まで驚き通しだった。レイラたちにすれば、リュウたち地球人など原始人に等しいのではないか。結ばれたことを感謝するのは、むしろリュウのほうだったのかもしれない。

レイラは、音もなく立ち上がると、長くゆったりとした服を引きずりながら、円形のスクリーンの前に立った。まるで船に生きた目がついているように自由自在に映像を送り込んで来る。

「船が何かにおびえている」

レイラは、リュウに背を向けたまま言った。リュウは、立ち上がって、レイラの傍に立ってスクリーンを眺めた。脇にある三次元海図と羅針盤を見てリュウはつぶやいた。

「アステロイド・ベルトだ」

それは、火星と木星の中間にある、小惑星地帯だった。しかも、レイラの船が突入しようとしているのは、最も小惑星が密集している魔の水域だった。

小惑星と言っても星がただ浮かんでいるわけではない。無数の岩塊や、星になりそこなった破片が漂い、大惑星の引力場の変化によって、ある時は高速で移動したりしている。

「この船でも危ないかもしれないぞ」

リュウは言った。

「それよりも困ったことがありそう」

レイラはスクリーンを見つめたまま言う。

「そうか。このあたりには、宇宙灯台がワンサと浮かんでいたっけな。俺たちは市民権を奪われているから、領海侵犯ということになる。その上、これは無断航行だからな」

レイラは、黙っていた。

「コースを変えよう、レイラ」

リュウは、そう言った。しかし、レイラは、力なく首を振った。

「もう遅いみたい。船が、灯台からの声を聞いている」

「通信を受信したのか」

レイラはリュウを見て頷いた。

船橋をドーム型に包んでいる壁の一カ所がポッカリと開いて、そこにもスクリーンが現われた。

スクリーンには通信の映像が送り込まれて来た。映し出されたのは、黒人の灯台守だった。

その顔を見た時だった。リュウは、背筋に異様な感覚を感じた。

「また発作か」

彼は心の中でつぶやいたが、これから始まる灯台守とのやり取りを、レイラひとりに押しつけるわけにはいかず、じっとこらえて立っていた。

「こちら、ドリア水域の灯台守、ハービーだ。船長は君か」

リュウは悪寒に耐えながら応えた。

「この船に船長はいない。乗組員はこの二人だけだ」

彼は、レイラの肩に手を置いた。

「こいつはたまげた。ミュート族かい。いつ見てもミュート族ってのは見事だね。ミュート族をペットにできるなんて、地球の男としては最高だ」

リュウはうんざりしていた。地球人はレイラたちミュート族を、観賞用植物としてしか見ようとしないのだ。

「ペットなどではない。俺の航海の仲間だ」

「仲間ね」

「そして妻だ」

「妻……」

ハービーと名乗った灯台守は、一瞬ぽかんとした顔をした後、むっとして、そして笑い出した。相手の反応に、リュウもあきれていた。

「いや、失礼……。しかし、奥さんとはねえ。ダッチワイフのアンドロイドのほうがまだましⅠ……。いや、そうか。奥さんとなれば話は別だ。お名前は何と言われるのですか」

「レイラ」

彼女は何の感情も示さず素直に答えた。

「返事することなんかない」

リュウは、小声でレイラに言った。

「レイラさんか。ところで、えー……」

「リュウだ」

「ミスター・リュウ。この船の航行指示をするようにとの連絡は受けていないのですがね」

きたな、リュウは思った。

「そのまま進んで来ると、不法侵入ということになる。領海侵犯船は拿捕《だほ》、あるいは航行不能な程度の破損を与える攻撃をしなければならん決まりなんですよ」

「知っている」

リュウは、立っているのがつらくなってきた。レイラは、首を傾けてリュウの顔を見ていた。

「このまま引き返してもいい」

リュウは言った。

「ところが、すでに君の船は、わが地球連邦の領海を侵しているんだよ」

「何！」

リュウは、三次元海図を見た。確かに、海図の中を移動している光点、つまりこの船の位置を知らせるランプは、ピタゴラス水域と呼ばれる一帯に深く侵入していた。

「われわれは、スクランブル信号を火星ベースに送らねばならない」

リュウの頭の中でチカチカと火花が散った。

「摑《つか》まるわけにはいかんのだ。断じて……」

レイラは、今にも崩れ落ちそうなリュウに手を貸していた。その表情には何の感情も見ることはできないが、彼女はある種の期待と喜びに胸を震わせているのだった。

「レイラ」

リュウは話しかけた。

「この船の戦闘能力は？」

「戦闘能力？」

レイラは、怪訝《けげん》な声で聞き返した。

それを聞き止めた黒人の灯台守ハービーは、慌てて言った。

「おいおい、早合点するな。ただ、そういう規則になっている、と言ってるだけだ」

リュウは、スクリーンに目を移し、かみつきそうな顔でハービーを見た。

「俺たちを、地上のお偉いさんたちと一緒にするなよ。この宇宙の海を旅する男たちは、皆、俺の仲間だと思ってる。どんな星の奴らだろうとな。君たちを見て、拿捕したがる灯台守なんて、いやしないよ」

リュウは、そう言われても信じられないようだった。

「見逃してくれると言うのか」

「ハネムーンの船をとっ摑まえて何になる」

リュウとレイラは顔を見合わせた。

「ただ、どこへ行こうとしているのか、最低それだけは聞いておかないと、俺も職務怠慢ということになるんでねえ」

そう問われて、リュウは返事に困った。目的地などありはしないのだ。答えあぐねていると、レイラがよくとおる声でスクリーンのハービーに向かって言った。

「宇宙の旅人のパスポートを手に入れてから、外洋へ旅立ちます。太陽系を出れば、あなたたちの責任は問われずに済む筈です」

「待ってくれ。そりゃ逆だ。無断で越境して出国されたんじゃ、後が面倒だ。スパイの容疑もかかるだろうし……」

ハービーは少しばかり困った顔で言った。

「俺は行きたいんだ」

リュウは、脂汗をにじませた顔で唸るように言った。低いが圧倒的な力のある声だった。

「地球人として、初めて単独で外洋へ旅立つのだ。宇宙旅行者のパスポートを手に入れてからな。誰にも邪魔はさせない」

きりきりと頭が痛んだ。そろそろ発作が始まるのか、リュウは、心の片隅でそう考えていた。レイラに危害を加えないために、ジャイロ・シートに閉じ籠らなければ……。

「パスポートだって？　誰が、そんなもの発行するんだい」

ハービーが尋ねた。するとレイラがいつになく力強い声で言った。

「宇宙自身が。そして、それは本人が自分で自分に与えるのと同じこと。それがないと、誰も自由に宇宙を旅することはできない」

ハービーは、何事か思い当たることがあるかのように、しばらく沈黙していた。

「こいつは驚いた。それを、このリュウというだんなが身につけられるというのかい」

「そうです」

レイラは確信をもって答えた。

ハービーは、しばらく考え込んでいた。レイラは、そのハービーを見て沈黙したままだった。リュウは、ついに傍にあったシートに身を投げ出してしまった。苦しげにあえいでいる。

「どうしたんだ。病気か」

ハービーが、それを見て尋ねた。

「いいえ。パスポートを得るための試練です」

レイラが答えた。ハービーは複雑な表情でじっとリュウを見ていた。が、やがて何かを決心したように語り出した。

「君たちの船は、もうじきピタゴラス水域を抜ける。やがて、俺の灯台の管理下にあるドリア水域に差しかかる」

レイラは、こっくりと頷いた。

「そこからは、俺の仲間の四人の灯台守と、この俺が船に航行指示の信号を送る。その通りに進んで来てくれ。いいな」

リュウは、半ば失われかけている正常な意識を総動員して言葉をしぼり出した。

「逃がしてくれるのか」

ハービーは、つぶやくように言った。

「羨ましいぜ。俺も、この灯台をおっ放り出して一緒に行きたいくらいだ」

ハービーは「航海の無事を祈る」と言って通信を切った。

レイラは、ハービーと四人の仲間の信号を受信し、船の進路をその信号にコンタクトさせるために船との対話を始めていた。

ぼんやりそれを眺めていたリュウの意識は、外側から黒い闇が押し寄せるように、急速に狭まっていった。

「来た」

何度か経験している発作の始まりだった。暗いジャイロ・シートの部屋へ転がり込むこともできず、船橋のシートにもたれたまま、ぐるぐると回転するような錯覚に耐えていた。吐き気がした。食いしばった歯の隙間からうめき声が漏れていた。

レイラが、慌てて駆け寄って来たが、リュウの目には、入らなかった。

無数の星が、生まれては消滅していった。真っ暗闇の中で、濃密な部分が蠢《うごめ》き、炸裂して、猛スピードで闇の中に広がって行き、やがて、闇の中で無数の輝きとなって、色とりどりの炎となり、そしてまた消えていった。

同じ幻覚が何度も、何度もリュウを襲った。ある時は大きく、ある時は小さく、マクロの規模でミクロの規模でそれは繰り返された。

やがて、幾層にも重なった煙のゆらめきのようなものが見えてきた。あるところでは濃密にまた他のところでは希薄に、広がったり狭まったりしながら、無限の淵から無限の彼方へ流れて行くようだった。

レイラは、ハービーの送って来た信号をキャッチした。船がドリア水域に差しかかったのだろう。

突然、スクリーンに通信波が入感した。これも黒人であった。

「ハービーから指示を受けた。フリギア水域の灯台のアンソニーだ。こちらからも信号を送る」

レイラは、「ありがとう」と小さい声で答える。彼女は時々振り返って船の計器を見る。やがて船はアンソニーという灯台守からの信号波も捕えた。

続いて、三人目の黒人灯台守がスクリーンに顔を出した。

「ハービーから話を聞いた。リディア水域のロンだ。俺の信号を送る。なるほど、別《べっ》嬪《ぴん》だ……」

ロンは、レイラを見ながら笑顔を見せ、信号を切った。

ロンの信号も入電する。

相変わらずリュウは、幻想の中をさまよっていた。煙の波のようなものは渦を巻き、次第に濃密になると、再び拡散していった。

四人目がスクリーンに登場した。どうやら、ハービーの仲間というのは、全員黒人らしい。通常、航行指示は八つから十の様々なパターンの信号を各所の灯台からもらい、それを組み合わせて、船は進路を決定する。

しかし、腕のいい灯台守なら五人で十分、船をこのおそろしい水域から脱出させることができるだろう。

「ミクソリディア海峡のジョージだ。俺の信号は、進路上の障害物の大小によって変化するから断続的だ。しっかり受けてくれよ。航海の無事を祈る」

代わって五人目が顔を出す。

「エオリア水域のフレディだ。細かな舵《かじ》を指示する。幸運を祈る」

五つの信号を船は完全に受信していた。それぞれ独特のパターンを持っていて、それによって、船の位置や進路、障害物の大小など実に細かなデータが船のコンピューターに記録されてゆく。

ハービーの信号は、船の位置を正確に知らせるらしく、一番多様な表現を持っているようだった。

アンソニーの信号は、速度を決定しているようだ。絶えず正確なリズムを打ち出して来ている。

ロンは大まかな舵取りに関する信号を送っていた。一番周波数が低く船を底から支えているような安心感を感じさせる。

ジョージは、流れ出るようなパターンで、各所に点在する岩塊や鉱石のくず、星影などを正確に知らせていた。

フレディは、いわば警告を発するような鋭い信号を、断続的に送り、船が進路を外れるのを押し戻していた。

船は正確に反応し、自由自在にアステロイド・ベルト内を航行しているようだった。

それぞれの信号波が、船橋内に、音波となってモニターから流れてきていた。

レイラは、その音を聞きながら、じっとリュウの表情の変化を窺っている。リュウの苦悶の表情は次第に安らかになってきているようだった。

リュウは幻覚の世界の中で、その各種の信号音を聞いていた。

「何だ」リュウは思った。

「何だ、この音は」

そう思ったとたん、混沌《こんとん》とした幻影の数々の意味が、リュウはぼんやりとわかり始めた。様々な抽象、具象が組み立てられては、崩れ、また組み合わせられて、リュウに何かを物語っていた。

リュウの表情に安らかな微笑が浮かび始めるのをレイラは見た。

「何だろう。この音は。この複雑な音の重なりと連なり」

組み立てられ、崩れ去る象形の意味を理解してゆきつつ、リュウはその音を聴いていた。次第に、音が見え始める。

上下左右のない世界に浮かんだリュウは、その音の様々に変化する形や、色彩まで見ることができるようになってきた。

一番多彩に変化するのは、ハービーの送って来る信号だろう。ある時は、水の中に極彩色の砂をぶちまけたように広がり、ある時は、映画のフィルムに付着したゴミが蠢くように、リュウの中で音は変化していた。

時々、輪を広げるように変化するのは、ジョージとフレディの信号だろうか。小さな円の一つが、急に膨らんだと思うと、輪郭だけを残して消えていった。広がる前は、バラ色の塊だったのが、広がった瞬間にブルーに変化していた。

闇の中に、決してきらびやかな色彩ではないのに、それぞれ印象深い色相を見せていた。迷彩のように複雑に入り組んでいるわけではなく、それぞれ独立したくっきりとした色や形で限られつつも無限な空間で、ゆっくりとしているのか急速に蠢くのかもわからないように変化していた。

やがて、リュウは、脳髄の一部に覚醒していく意識を感じた。

「どこかで、同じ音を見たことがある」

限られつつも無限な空間。それは、レトリックではなく、リュウには確実にイメージできた。

「これと同じ空間を、俺は以前に体験したことがある」

一塊の意識のみが、どんどんと明確になっていった。

レイラの姿が、ぼんやりと浮かんだ。それは白く輝いていて、ひどく遠くにその全容が見えているのに、髪や目や口許《くちもと》、指先などは、目の前に細々《こまごま》と確認することができた。

リュウの意識の中でレイラは、太陽ほどにも大きく、同時に掌に乗るくらいに小さかった。

その姿に各種の音がまつわり付いていた。

「レイラ……」

リュウは意識の中で呟いた。

「レイラ……レイラ……。いつもの発作と違っているぞ」

それがわかるのは、覚めてきた一部の意識のせいである。その意識は、長い長い眠りからようやく覚めつつあるように、ゆっくりとゆっくりと目覚めていった。

リュウの表情に、もはや苦悩の色はなかった。確実に彼の中に何かが生まれつつあるようだった。目を閉じて眠っているように見える彼の表情に、大きな自信のようなものが浮かび始めていた。

その表情を眺めつつレイラは、その胸の中に、しだいに明確になってゆく喜びの形をしっかりと認識しようとしていた。

リュウの中で、今目覚めつつある意識は、あくびをするように、一度大きく膨れ上がると、徐々に光を放ち始めた。

その光は、刻一刻明るさを増してゆく。闇に光が差してきた。

リュウの意識は急速に明るくなっていった。顕微鏡に光が差すように、音の形と色は、その輪郭を明らかにしながら、再び、大きな変貌を開始していた。

丸く膨らんでいたような空間がねじれてくる。無限の広さを感じさせつつ、どこかに境界ができつつあるようだった。

すべてが凹面の風船のような、理解し難い形が一度、リュウの周りを囲んだ。リュウは、その形状すらも完全に理解した。

やがて、さらに明確になってきた意識が、リュウの周りに、ある実体を持った形態を造り出し始めた。

照明の色が変わってゆく。薄暗い照明。たなびく紫煙。

意識は、さらに目覚めてゆく。その意識の眠りの深さは信じられないものだった。まるで死者の意識……いや、まさにそれは通常ならば決して目覚めることのないものだったのかもしれない。リュウが生まれてから、死ぬまで、覚醒することのない意識の一片だった筈だ。

それは強烈な力でリュウの周囲に、ひとつの世界を創り始めている。他の意識は、相変わらず、どこかをさまよっている。

薄暗い照明。たなびく紫煙。

リュウは、その中に腰かけていた。けだるげに、薄目を開けて。色とりどりに見えていた音が、聴覚を伝わって入って来た。先程まで、五人の灯台守が送っていた単なる信号だった音だ。

音は大きな変化を遂げていた。

静かなレコードが流れる。ピアノの和音だ。ユニゾンでかぶさるベースと、シンバル。

夜明けの冷たい光を思わせる、静かなイントロ……。

続いて、湧き出るようなサックスとトランペットのテーマ。希望と不安を抱いて出港する船のイメージ。

リュウの目の前には、黒光りするピアノがあった。赤っぽく温かい木肌のウッド・ベースも、鋭角的に光を反射しているドラムセットもあった。

二本のマイクの後ろには、複雑な光を滑らせるテナーサックスと、戦闘的な形をしたトランペットもあった。

リュウの残りの意識も戻り始めた。通常の発作なら、ここですべてが消え、船橋の光景と入れ替わるのだった。

リュウは、目を開いた。確かに開いた。目の前にはレイラが立っていた。しかし、薄暗い照明と、たなびく煙は消えなかった。ピアノも、ドラムセットも、ベースも、テナーサックスも、トランペットも……何もかもが実体として残っていた。一瞬彼は、幻覚から醒めていないのだと思った。しかし、レイラがいる。

「レイラ……」

リュウは、ゆっくりとレイラに手を差しのべた。リュウは、レイラの顔を見てびっくりした。

レイラがほほえんでいる。今まで、レイラの顔に表情の変化というのを見たことがなかったのだ。人形のように、ミュート族は表情を持たない。そう彼は思っていたのだ。

「レイラ。これは、いったい……」

〈リュウ、あなたが作ったのよ。見事だわ。これは、あなたが作った宇宙よ〉

何のたどたどしさもなく、流れるような声でレイラは言った。いや、それは声ではなかった。彼女は、リュウの心に直接語りかけて来ていた。

「どういうことだ」

リュウは、訳がわからずに尋ねた。

〈見て、リュウ。あなたが作った宇宙よ。私にも、はっきりと見えるわ。これが、あ

なたの言っていたジャズね〉

リュウは、無言であたりを見回した。

〈さっきあなたが気を失ったのは、パスポートへの最後のステップだったの。さあ、あなたも、もう発声器官を使わなくても私と話ができるのよ。いいえ、すべての宇宙の旅人たちと話ができるのよ〉

「じゃあ……」

そう、リュウは言いかけて中断し、心の中でレイラに話しかけた。

〈俺は、パスポートを手に入れたのかい〉

今まで全く感じたことのなかった一つの意識の流れが、蠢き始めたのをリュウは実感した。

リュウの話しかけは、明らかにそこから発せられていた。

〈そうよ。おめでとう。これで私たちのように、リュウも大宇宙を飛び回れるのよ〉

〈どうしてこれがパスポートなのか、まだ俺にはわからない……〉

レイラは、キラキラ光る緑色の瞳に微笑《ほほえ》みをいっぱいに浮かべながら話し始めた。

〈宇宙というのは、定められた形を持っていないのよ〉

〈定められた形がない？〉

〈そう、大きさも、形も、時間も、何もないの。あるひとつの形にしか見えないというのは錯覚にしか過ぎないわ。例えば、地球の人々が、三次元的な量でしか計ろうとしないから、そのようにしか見えないようにね〉

〈それが、宇宙のパスポートとどういう関係があるんだ〉

〈宇宙の真理はひとつよ。それは、すべての中心は意志だということ。自分と宇宙が一体になり、自分が生きることで宇宙にある時間も空間も生きるのよ〉

〈なるほど〉

〈私が、ジャズと、宇宙のパスポートが似ていると言ったのは、そういう意味よ〉

〈まさに、そう言われればそうだ〉

リュウは、また周囲を見渡した。とたんに、ジャズがその耳に流れ込んで来た。

確かにそう言われてみれば、そのジャズクラブの風景には、大きさの概念が欠落していた。

無限に広がる空間だと思えばそのようにも見えるし、実際のどこにでもある店の狭いステージだと思えば、それくらいしかなかった。

〈今まで、俺たちがいた宇宙はどこへ行ったんだ〉

〈どこへも行かないわ。あなたにもわかるはずよ〉

リュウは、そう言われて気づいた。彼の感覚は、視覚を超越していた。自分が作った宇宙と、船橋やスクリーンに映った天体が同時に認識できた。

それは、互いにオーバーラップすることもなしに、完全に両方とも把握できるのだった。

〈レイラ。どうして君の表情がわかるようになったんだろう。俺には、君がにこにこと笑っているように見える〉

〈私の感覚の次元まで、あなたの意識が入り込んだからよ。宇宙の旅人は皆、そう。だから、どんな恰好《かっこう》をした民族でも、その表情がわかるわ。実は、私もようやくあなたの表情の意味することがわかるようになったの。二人の意識の次元が一致したのよ〉

〈こいつはすごい……〉

リュウは、床に目を落とした。

〈どうしたの〉

レイラは、ふと心配そうな顔をして尋ねた。リュウは首を振りながら答えた。

〈いや、何でもない。なんだか、自分がとんでもないものになっちまったような気がしてね……その何というか……〉

〈何になったと言うの？〉

〈そう、言ってみれば、宇宙人みたいな……〉

そう言いかけて、リュウは噴き出した。古くさい地球の『宇宙人』という言葉にある化け物じみたイメージ。その超常能力を今、彼は自分で手に入れたのだった。

〈いや、昔の地球人が抱いた『宇宙人』という言葉のイメージは、相当に正しかったと思ってね〉

レイラも、その意味を悟って笑い出した。国際人になるためには「言葉」という能力が必要だ。同様の意味で、宇宙人になるためには、今リュウが身につけた能力が必要だ。その能力を身につけた者、つまり宇宙人は、まだ、人々が宇宙の海に旅立つ以前に抱いていた化け物としての「宇宙人」という言葉と合致しているのではないか、とリュウは思ったのだ。

〈その「宇宙人」になるために、五人の灯台守たちが手を貸してくれたわ〉

笑い止まないうちにレイラは言った。

〈彼らだな〉

リュウは、それぞれの楽器についている五人の男たちを見た。

しばらく、演奏に耳を傾けた。

サックスがソロを取り始めた。なめらかに指を動かす。決して強烈な音ではないが、心の中に忍び込んでくるような柔らかな音色だ。

続いてトランペットにソロが渡る。一度、大きく息を吸い込むと頬をふくらまし、音のパルスを放射した。ハイトーンで、タンギングを利かした後、長くビブラートをかけて吹き鳴らす。

ツーコーラスの短いソロの後、フェイド・アウトするように、トランペットをマイクから遠ざけてゆく。

そして、ピアノにソロが渡る。左手のパターンにベースがぴったりとついている。右手は、波が寄せては返すように、静かにしかもクリアーな音を連続的に叩き出した。

「旅立てるんだな」

リュウは、声に出して呟《つぶや》いた。

〈そうよ。見て、もうじき、最後のエオリア水域を抜けるわ〉

リュウは、船の位置を示す三次元海図を見た。

〈レイラ。この船に名前をつけさせてくれないか〉

二つの景色を同時に認識しながらリュウは言った。

〈名前？〉

〈フェルジナンド号とつけたいんだ〉

〈フェルジナンド？　どういう意味？〉

〈昔地球が丸いことを、まだ地球人が知らずにいるような時代にだ——死を覚悟で、大海原に船出して行った男がいる。その名が、フェルジナンド・マゼランというんだ。

俺は、今、その名をこの船にもらいたい〉

レイラは、にっこりとほほえんだ。

〈船も喜ぶと思うわ〉

〈よし、このアステロイド・ベルトを抜けたら、外洋へ向けて、フェルジナンド号の処女航海だ〉

ピアノのアドリブが終わる。

右手が中音域に戻って来て、パターンを鳴らし始める。透きとおるような和音がリズミカルに打ち出される。

シンバルが、音を殺してユニゾンのリズムでそれについていく。

ベースもユニゾンのリズムで静かにピアノを追い続けている。

ワンコーラスが過ぎた。

トランペットが、一度先を高くかかげてからテーマを吹き出す。それがテーマに入る合図だった。

同時にテナーサックスもテーマに入っていた。

〈そろそろ、こいつを消そうか〉

ライブスポットの中を指差してリュウはレイラに言った。レイラは、静かに首を横に振った。

〈終わるまで聴かせて〉

リュウは、ライブスポットのギシギシいう椅子に腰を降ろした。レイラが静かに隣にやって来て腰かける。

レイラは、うっとりした光を緑色の瞳に宿して、演奏を見つめている。リュウも演奏を見つめながら、しっかりと、レイラの肩を抱いた。

レイラの頭がリュウの肩に倒れかかってきた。若草のような香りの髪がリュウのほうにサラサラと流れて来た。

リュウは思っていた。やっと宇宙の旅人になれた。時間も空間も、もう俺とレイラには何の意味もない。二人だけの宇宙を、二人だけで旅するんだ。永遠に。

テーマが何度か繰り返されていた。やがて、ホーンとリードが止む。

パターンだけが幾度も幾度も繰り返されている。そのバッキングの上を、トランペットが軽く流れ始めた。静かに、静かに……。

フェルジナンド号は、やがてアステロイド・ベルトを脱し、航法を恒星間航行用に切り替えた。まばゆい光を残し、太陽と反対方向にどこまでも突き進んで行った。

五人の灯台守は、一斉に最後の信号を発信したところだった。

「処女航海の無事を祈る」

旅人来たりて

彼がこの酒場にやって来たのは、赤い砂漠の嵐が鎮まってからしばらくした頃で、街の人々がようやく防砂シャッターを開けて、一息つきに飲みに集まって来た時刻だった。

この季節になると、ほぼ定期的にやって来る赤い砂嵐だったが、今日のは近年には珍しいほど規模が大きく、砂漠からかなり離れたこの街にも多量の赤い砂が吹きつけられ、色あせた建物の屋根や、起伏の多い舗道に積もっていた。

その男は、ドアのところに立つと、全身をすっぽり覆うダークグレーのマントから左手だけを出し、つばの広い帽子を取ると、それで、マントの砂と埃《ほこり》をはらった。

帽子を深くかぶり直すと彼は、大きく息をついてからドアを開き、店の中へと重たげに足を踏み入れた。

その動作のひとつひとつに、長い旅か、あるいは激しい仕事を終えた者が持つ深い疲労の色が見えた。その男はカウンターの一番隅の丸い腰掛けに、注意深く腰を降ろすと、棚に並んでいる酒びんのひとつを、無言で指差した。

店の客たちは、残らずその男に注目していた。雑然とした店の中のざわめきに、その男が入口からカウンターに達する間だけ、奇妙なささやきが混じった。

彼は明らかによそ者だった。彼の疲労は、マントについた赤い埃を見ても判《わか》るように、砂漠を越える旅によるものに違いない。

砂漠の向こうには港《ポート》がある。どこか、異郷からやって来たのだろう。

「あんた、この街の者じゃないね」

手の中にすっぽりおさまるくらいのグラスに注いだストレートの酒をその男の目の前に置きながら、店の主人《おやじ》が彼にそう声を掛けた。二つほど席をおいて腰掛けているカウンターの客が、露骨に興味を表わして二人のやり取りを見ていた。

男は何も言わずに、酒を一気に干すと、主人の前にグラスを置いた。もう一杯注いでくれという意味だった。主人は、棚からボトルを取り、そのグラスに酒を注ぎながら、その男を上目づかいに観察した。

「さっき港に着いた船に乗っていたんだろう」

主人はグラスを男の前に置いて再び言った。彼は今度は、グラスの中味を大切そうに一口だけ味わうとカウンターにグラスを置き、呟くように「ああ」とだけ言った。

広いつばで顔を隠すように俯《うつむ》いているので、主人からはそのとがった顎しか見えないが、その顎には、無精鬚《ぶしょうひげ》が生えており、男の疲労の色を強調していた。

「この街に旅人が立ち寄るなんてのは、全く珍しいことだ。まさか、あんたこの辺の星系《うみ》を荒らし回る海賊じゃないだろうね」

主人にそう言われても男は何も言わず、静かにグラスを口に運んでいた。勿論《もちろん》、主人がこんな冗談を言うのも、彼が全くそんな様子には見えないからだった。

職業柄、主人は何人かの海賊を見ているが、彼らはほぼ例外なく騒々しく、常に数人の手下と、自分の力を誇示するようなバカ騒ぎをしながら店に入って来るのだった。

「どこから来たんだい」

今度は、じっと二人のやり取りを観察していたカウンターの客が身を乗り出すようにして声を掛けて来た。

男は、少しばかり帽子のつばを動かして、その客を一瞥《いちべつ》した。その客は純粋の地球人ではなく多分モード族の血が混じっているらしかった。モード族が成年期になると現われる、例の三本の短い赤い横線が、かすかだがその客の頬にも刻まれていた。

彼は、もはやだんまりを決め込むことが不可能と判断したらしく、重い口を開き始めた。惑星外《そと》へ出ることの滅多にないこの街の人々は、旅人の話を聞きたくてしょうがないのだろう。

「あちこちを旅して来たんだ」

低くしゃがれた声だった。その声からは年齢は想像もつかない。全身の極度の疲労がその年を相当に老いたものに感じさせていたが、実は若い男なのかもしれなかった。何分、帽子で顔を覆い、マントで全身を包んでいるのだから、いったいどんな容貌の持ち主なのか誰にも判らないのだ。

「ここに来る前はどこに居なすった」

店の主人がすべての客の代表でそう尋ねた。彼は、その男がどんな姿をしているのか知りたがっていた。地球の言葉を話してはいるが、実は、あの醜い――といっても地球人の美意識に照らし合わせて、だが――コイルド族か何かかもしれない、と主人は半ば怖れ、半ば期待していた。

「この星系《うみ》の向こう側にあるアステロイド海域の地球人植民地《コロニー》に居た」

しゃがれた声がものうげに、ゆっくりとそう言った。

「その前は」

モード族との混血の客が、モード族独特の美しいワインレッドの瞳を輝かせて尋ねた。

男は、皆の興味の対象となることに耐えられないとでもいうように、グラスに残った液体を一気に飲み干して、またグラスを主人の前に置いた。

「なあ、その前はどこに居たんだ」

混血の客はしつこく尋ねた。

「五番目の惑星《しま》にある植民地《コロニー》に居た」

混血の客は、ワインレッドの宝石のような瞳を一層輝かせて身を乗り出してきた。

「確かあそこには、モード族の居住区もあった筈だな」

店の主人や客たちは、「またか」と言うように顔を見合わせた。混血の客は、そんな店の雰囲気にはおかまいなしに、胸のポケットから、一枚の写真を取り出すと、男の目の前に置いて詰め寄った。

「こんな男を見かけなかったか。なあ、見てくれ」

混血の客は、目をぎらつかせて男の反応を待った。かすかに男の帽子が動き、しばらくしてから、それが小さく横に振られた。

「知らんな」

男は言った。

混血の客の顔にみるみる影がさした。彼は再び言った。

「もっとよく見てくれよ。いいか、モード族の男だ。目も髪も赤色だ。そうだな、この写真より、幾分年を取っている筈だ。どうだい」

「悪いが……知らん」

「もっとよく見ろ。ろくに写真を見もしないで……」

モード族の血を持つ若い客は男につかみかからんばかりに怒鳴った。

「よさねえかい、ビート。この人は写真はよく見たさ。そうさ、見たんだビート。心当たりがないと言ってなさるんだ」

主人が息子を叱るようにこの客に言って聞かせた。

ビートと呼ばれた客は、男を睨んでいたワインレッドの瞳を、一度主人に向け、二度三度荒い呼吸をしてから、おろおろと床に落とした。

自分の腰掛けに坐り直すと、ばつが悪そうにビートは言った。

「ごめんよ」

「いいから、一杯飲め」

主人が、ビートのグラスに酒を注いだ。酒びんを棚にしまいながら、主人は男に言った。

「気にしないでやってくれ。海を渡って来た旅人を見ると、こいつはいつもこうなんだ」

男は何も言わなかった。

「その写真、親父さんなんだよ、ビートの」

主人はコップを拭きながらさりげなく言った。

「ま、あんたには、どうでもいいことだろう。ところで、あんた、俺の店に居る時は、帽子くらい取ってくつろいでもらいたいね。その埃だらけのマントも取ってな。それから、名前を教えてくれたってバチは当たるまい」

そう言われて、男は気付いたようにふと目を上げると、のろのろと帽子を取りマントを外しにかかった。

店中の客がその顔を見ようとしているようだった。

帽子の下から現われた顔は意外に若く、三十二、三歳といったところだ。全身を見ると老けて感じられるのは、体中に苦労の跡がしみついているからだろうか。

無精鬚もぼさぼさの髪も、その瞳も黒く、肌は黄色かった。一見、ぶっきらぼうに見えるが、その目だけは鋭さと同時にあたたかな光を宿しているように感じられた。

「ほう、なかなかの男前じゃないか。で名は」

「そっちから名乗るのが礼儀だと思うが」

男は主人を見ずに低い声でそう言った。

「入る時に看板を見なかったのかい。コナーズだ。ジェラード・コナーズだよ」

「テツという……」

「なるほど、で、テツとやら、あんたがかかえているそれは何だい」

主人は、テツと名乗った旅人が確かに地球人であることを認めて今度は彼の持ち物に興味を示し始めたようだった。

「この店は……」

男はぼそりと言った。

「黙って酒も飲ましてはくれんのか」

主人は、ふとグラスを拭く手を止めてテツと名乗る旅人を睨んだ。

「いい気になるな」

テツの後ろで罵声が聞こえた。

「よそ者《モン》に酒を飲ませてやるだけでもありがたいと思いやがれ」

怒鳴りながら、二メートル近くはある赤ら顔の大男が立ち上がった。シャツの胸は今にもボタンがちぎれてしまいそうなほどぶ厚く、テツなどひとひねりされてしまいそうだった。

テツは後ろも見ずにぼそぼそと言った。

「よそ者だろうが何だろうが、金は払うさ」

火に油を注ぐ一言だった。店中の人間が、あっと息を呑んだ。どうやら、立ち上がったこの男は街でも有名な暴れん坊らしい。

「この街でよそ者にでかいツラはさせせん」

言うなり大男は歩み出て、テツの襟首をつかんで立ち上がらせた。そのまま左手で襟をつかんでおいて、右手でパンチを叩き込もうと大きくスウィングした。

面倒臭気にされるがままになっていたテツの次の行動は見事だった。

右手のパンチが飛んで来るまでのほんの短時間に、テツの左手は大男の松の根のような左の上腕の急所を正確にヒットし、そのまま左手でその相手の左腕をつかむと同時に右手でその太い腕の肘のあたりを下からすくい上げた。左手で手首を返すようにひねりを加えながらだ。

大男は、左腕に激痛を覚え次の瞬間に床と天井がまっさかさまになって何がなんだかわからなくなった。気がついた時彼は腰と背を床に強く打ってうめいていた。

大男は、見事に投げ飛ばされたのだ。

客たちは声も出せずにいた。技の切れがあまりにあざやかなのでテツが魔法を使ったとしか思えなかった。この星《しま》の重力は彼らの祖先が住んでいた地球とほぼ同じだった。だから地球で生まれた武術《マーシャルアーツ》の投げ技も充分に役に立つのだった。

「よさねえかい」

一瞬の静寂をやぶって主人のジェラードが叫んだ。

「俺の店で騒ぎを起こす奴は、金輪際酒は飲ませねえぞ。コワルスキー、お前もだ。さあ、おとなしく席に戻って飲むか、さもなきゃとっとと砂漠へでも失せやがれ」

うめき声を上げながらようやく起き上がった、コワルスキーと呼ばれた大男は「わかったよ」と一言、ふてくされたように言って、テツを睨みながら席に着いた。

テツは、はなっからコワルスキーへの関心などないという態度で、カウンターのスツールに腰を降ろしていた。

「あんたもだ、テツ。俺の店でいざこざは起こさせねえ」

主人は、テツに言った。テツはその平等な態度が気に入ったらしく、初めて自分から口を開いた。

「済まなかった。疲れてたんで気が立っていたんだ」

店の中が元どおりのにぎやかさを取り戻すのにそれほど時間はかからなかった。テツは、何とかその店の中の風景に溶け込んでしまいたいと思っているらしかった。

「強いんだね、あんた」

ビートが再び話し掛けて来た。

「俺は知ってるぜ。あんたの黒い髪や黄色い肌を見てピンときた。あれは大昔に、我々の故郷の地球で生まれた術だ。カラテとか言うんだろう」

主人のジェラードもその話に参加してきた。テツは、ちらりと二人を見てからグラスに目を戻して言った。

「カラテではない。少林寺拳法と言うらしい。俺もコロニーで教わったんだ」

この時代になると、もう故郷の地球を知る世代は皆無だった。この街に住む地球人たちは、何世代にもわたる旅を続けてやっとこの星系《うみ》にたどりついた移民の子孫たちだった。

「ところで、さっきもきいたがそれは何だい」

主人はテツの右手の下にある黒い妙な恰好をしたケースを指差した。テツは主人の好奇心に多少うんざりした様子で答えた。

「商売道具だ」

店中の客が、そっとその黒いケースを盗み見たようだった。小さなトランクと、円錐形が組み合わさったような形だ。

あらかたの客は、物騒なものを想像した。店の主人も同様だった。誰も未だかつて見たこともないような代物だったのだ。

先程、コワルスキーという化け物じみた大男を手玉に取った腕を考え合わせて、人々はその中味は当然のことながら人殺しの道具か何かだと思った。

それを「商売道具」と言ったテツを、人々は、その類の危険な人物なのではないかと考え始めていた。

店の主人も、それ以上その黒いケースについては触れようとしなかった。テツは黙って酒をなめ続けていた。

店の主人はちらりちらりとテツを観察しながら、心の中で首をひねっていた。

どうということはない旅人の筈だった。旅人がこの店へ来るのは、そうたびたびあることではないが、かといって珍しいと言う程のことでもなかった。

なのになぜかこのテツという男が気になるのだった。

「何が気になるのだろう」

彼は彼なりに考えてみた。容貌はごく普通の地球人だった。それは隣に腰掛けているモード族との混血のビートと比べてみればはっきりと判る。

ひょっとすると、この店に集まっているどの客よりも、普通の地球人かもしれない。そこまで考えて、主人はふと気がついた。テツが醸し出す雰囲気というか、においみたいなものにだ。

そのにおいに惹《ひ》かれて、自分がテツに不自然なくらい話し掛けているのであり、ビートやコワルスキーが、テツに話し掛けたり手を出したりしているのだった。

何なのか、その正体は主人には判らなかった。

ただそのにおいが、彼が戸口に立ったとたん、店中の客を惹きつけたことは確かだった。客たちが、テツが席に着くまでの間に表わした様々な反応を、長年の客商売で養われた主人の目がとらえていた。

「彼が、さっき見せた腕力の強さのせいか」と主人は考えてみたが、どうやらそれは違うらしい。いや、正確に言うと、少林寺拳法とかいう主人や客にとって不可思議な体術を使うということも、その一因となっていることは確かだったが、それからくる神秘さとかいうものとは無縁のものだった。

強いて言えば、なつかしさに近い雰囲気だった。その正体は何なのか、それはどこから来るのか、いくら観察しても、話し掛けてみても、主人のジェラードには答えを出すことができなかった。

「ねえ。五番目の惑星《しま》の植民地《コロニー》に居た時の話をしてくれないか」

ビートが、またテツに話し掛けた。ビートが、第五惑星の植民地にあるモード族の居住区の話を聞きたがっているのは明らかだった。

ビートの体内に流れる血の最も近い故郷がそこだった。彼の父親もあるいは本当にそこに居るのかもしれなかった。

「話してやれることは何もない」

冷たくテツは言って、グラスを傾けた。ビートはその言葉を聞いて、一瞬何か言おうとした。が、やがて、小さく頷くと彼もグラスの中味を口に含んだ。

本当に話してやれることがないのだ、とテツは心の中で呟いた。

ビートがどの程度モード族のことを知っているのかテツは知らない。だが、異邦人の習慣や思考形態は、旅慣れたテツの理解をさえ超えるものがあったのだ。

モード族が子孫を残す際、結婚という形を取らないことはこのあたりでは誰でも知っている。それが彼らの国の常識であって、悪でも罪でもないのだ。それを不道徳と決めつけるのは地球人が、地球の文明の中で培《つちか》った道徳の名残りに過ぎない。

ビートが父親を恨んでいるかどうかは知らないが、いたずらにモード族の生活を話すことは、彼に失望を与えるだけになるかもしれない。

主人は、テツの心の中が判ってか判らずにか、その二人の言葉を聞いても何も言わずにいた。

一番目の月が西に没して、今、二番目の小さな月が中空にさしかかろうとしていた。夜が次第に深まっていくのがよく判った。

幾人かの客が入れ替わり、店の中はにぎやかさを増していった。テツはようやく店の中に自分の居場所を発見できたような気分になってきた。

とはいえ、新しい客に、前から居た顔なじみの客がテツを指差し何事か耳打ちするので、テツが常にこそこそとした注目を集めていることに変わりはなかった。

「どうして皆、この旅人のことをそんなに気にするんだ。この俺を含めて」

主人のジェラードは、そんな客たちをカウンター越しに眺めながら、また、そんなことを考えた。

「いいかげんに、諦めたらどうだ」

突然、店の隅にあったテーブルのほうから、そんな声が聞こえて来た。今まで静かに何やら小声で話し込んでいた二人組の客だったが、その片方の男が、苛立ちを抑えきれない様子で、声を荒らげたのだ。

もう片方の男は沈痛な顔つきで、じっとテーブルの一点を見つめていた。

「いいか、お前が誰に惚れようと、お前の勝手だ。だが、考えろ。相手が悪い」

一人はそうまくし立てた。決して大声ではないが、その話の内容はカウンターのところまで不明瞭ながら聞こえてきていた。

片方が、誰かに恋をしてそのために、もう一人の男が説教をしているらしかった。

「地球人は、地球人らしく同邦人と結ばれ家庭を作るのが一番なんだ。皆そうしてきた。俺たちはもう地球《ふるさと》に帰ることはないだろう。いいか、ここが俺たちの故郷なのだ。この故郷を俺たち地球人のものにしておくためにも結婚の相手は地球人を選ぶべきなんだ」

やや年上に見える片方の男が言った。

「判ってる。住む世界も人種も全く異なっていることくらい。だが、そんなことは俺にとってはどうでもいいことなんだ。俺だってずいぶん考えたさ」

「何を考えたと言うんだ。両親のことを考えたか。生まれて来る子供のことを考えたか」

カウンターに居たビートは、その話を聞き留めて、口まで運んだグラスを、そのままカウンターに置いた。悲しげな目で、じっと聞き耳を立て始めた。

年上の方の男の話が続いた。

「若い地球の女はいっぱいいるじゃないか。お前のガールフレンドだって気だてのいい娘がいるだろうに。ローリーはどうだい。サキだって別嬪じゃないか」

「もう放っといてくれよ」

「そうはいかない。異邦人の娘と結婚しようなんぞと考えているうちはな」

「マーティ」

主人のジェラード・コナーズがカウンターの中から、年上の方の男に声を掛けた。マーティと呼ばれた男が、ジェラードのほうを見ると、ジェラードは、そっと気づかれぬようにビートを目で指し示してしかめ面をした。マーティは、そこに地球人とモード族の混血の男が居ることに気付いた。

「いったい、どうしたって言うんだ、マーティ」

主人のジェラードはカウンターの中から尋ねた。

「ジェラード、聞いてくれ。このタロのことだ。知ってるだろう、こいつがセント族のチニカという娘と結婚したがっているってことを」

「そのことか。なあタロ、俺もセント族は賛成できねえな。そりゃ、お前さんが惚れた娘だから、チニカはいい娘《こ》なんだろう。俺もチニカは知っている。ありゃ優しい娘だ。だが彼女はセント族だ。俺たちとは違うんだ」

タロという名の黒い髪と黄色い肌の若い男は俯《うつむ》いたまま言った。

「違うとは思わない」

店の真ん中のテーブルでポーカーをやっていた客も、カードを配る手を止めて、その話を聞き始めていた。

「血の色や言葉が違ったって、習慣が違ったって、違うとは思えない。現に俺とチニカはお互いによく理解し合えている。これは地球人とセント族の問題じゃない。俺とチニカの問題なんだ。俺たちとセント族とは違うと言ったね、ジェラード。どこが、どう違うんだい。彼らもこの宇宙に生まれそしていずれ死んでゆく。その間に、いろいろなことに悩み、そして喜んだり悲しんだり憎んだり愛し合ったりしているんだ。俺たちと一緒じゃないか」

「そんなことを言ってるんじゃないんだ、タロ」

ジェラードは困った顔をして、何も言わずにカウンターを見つめているだけのテツに向かって言った。

「なあテツ。あんたはあちらこちらを旅しているらしいから、セント族のことについても詳しいだろう。何か言ってやってくれ」

テツは、そう言われて、溜息をひとつゆっくりとつくと、一言ぼそりと言った。

「いいじゃないか。タロという奴の問題だ」

ジェラードは驚いた顔をしてから、その表情に軽蔑の色を加えて言った。

「そうかい。やっぱりよそ者に聞くんじゃなかった。あんたにとっちゃ、タロも行きずりの人間だ。彼のことを真剣に考える気は、はなっからなかったんだな」

そう言われてもテツは何も言い返さなかった。その様子を見て主人のジェラードは彼が何を考えているのか全く判らなかった。ただ、理由はないが、ジェラードにはテツがタロや自分たちのことをどうでもいいと考えているとはどうしても思えなかった。それは、長年人間というものだけを見続けて来た酒場の主人の勘によるものだった。

「結婚したがっているのを邪魔することはないだろう」

混血児のビートが言った。マーティやジェラードは、このビートの置かれている立場を思い遣《や》って、彼がそう言っても、何も言い返すことができなかった。

「異邦人とだって愛し合って不自然ということはない筈だ。皆は、何を気にして言わないのか知らんが、現に俺の両親だってそうじゃないか。確かに地球人とモード族は言葉も違えば生活様式も習慣も違った。でも俺のおふくろはそれを理解し、父親もそれを理解した。俺はこうして生まれ、皆の仲間として暮らしている。俺はそんなおふくろも父親も誇りに思っているんだ」

「偉《えれ》え！」誰かがテーブルのほうで叫んだ。

「ビートの親父さんがどこにいるか判らねえことは、俺たちゃ皆知っている。それでもビートの奴あ、親父さんを誇りに思ってるってんだ。おい、たいした演説じゃねえか。俺《おら》あ自分の息子に聞かせてえよ」

その声が茶化しなのか、本当の讃辞なのか誰にも判らなかった。

「俺は、ミュート族の女と結婚した地球人を知っている」

別の声が言った。

「誰もが観賞用の植物かペットとしか考えなかったミュート族の女を妻にした男だ」

「おいみんな。タロをたきつけるようなことは言わんでくれ」

主人のジェラードは言った。「無責任だぞ」

「無責任も何もあるか。タロ自身が責任を取ればいい問題だ」

ビートが小声では棄《す》てるように言った。それを無視するようにマーティが言った。

「タロ、お前はチニカの両親に会ったことがあるだろう。セント族の村にある大きな池の中に住んでいるんだ。彼らは人魚のように神秘的な姿をしている。だが、お前と一緒には住めない。チニカも、年を取るといずれああいう姿になり、水の中へ帰って行かねばならないんだ。しかも、その姿となるためにチニカは、もうしばらくすると石化していくだろう。地球に居た昆虫たちがサナギになるようにな。その石化している間の長い時間を、お前はチニカのために待ち続けることができるのか」

「そんなことは、とうに考えてある」

タロは言った。

「そうやって皆、地球人の血を薄めていくんだ。だんだん訳の判らない生き物が増えていく」

コワルスキーという大男が酔いのために真っ赤になった目をすえて怒鳴った。

「俺にはそんなことは許せねえ。この街は地球人の街だ。どんなに故郷から離れていようと……もう二度と俺たちが地球《ふるさと》の土を踏むことはないにしろ、この街は地球人の街なんだ」

「血など糞くらえ」

ビートがたまりかねたように怒鳴り返した。

「地球人の血がどうしたのとこだわる奴に限って故郷の誇りを忘れているんだ。自分が地球人だと思ったら、どんな血を持っていようと、どんな恰好をしていようと地球人じゃないか」

コワルスキーは完全に我を失っていた。彼はテーブルの上の酒びんやらグラスやらを床に払い落とした。ガラスの割れるけたたましい音は、店中の人間の理性の殻が壊れ去る音と同じだったらしい。

「ふざけるな。今まで、この長い長い年月、人類が守り続けて来た血の大切さが、お前にわかるものか」

それはコワルスキーにとって、ほとんど生理的な危機感だったに違いない。その言葉が店内の多くの客の意識を刺激した。

「そうだ。血を汚す奴は生かしちゃおけねえ」

そんな声がどこからか飛んだ。

「そんなものが」ビートが怒鳴った。

「そんなちっぽけな感傷が地球人の誇りなのか」

「もうやめてくれ、そんな話は聞きたくない」

タロが、耳を押さえながら叫んだ。

「聞きたくないだと、タロ」

コワルスキーが怒鳴った。

「聞きたくないなどとは言わせん。これはお前の問題だ。そして、この街の問題だ」

その声に混じって、幾つかの罵声が飛んだ。店の中は騒然となった。こんなことは初めてだった。

店主のジェラードは、いったい何が起こったのか判らず、ただおろおろと言った。

「おい、よさねえか、みんな。どうしちまったんだい、今夜は」

ジェラードはふとテツを見た。この行きずりの旅人は、周囲の騒ぎを一切意に介する様子もなく、一人グラスを傾けていた。

ジェラードは、少なからず今夜の皆がおかしいのはこの旅人のせいだ、と思った。この男が何をした、というわけではないが、彼が醸し出すにおいが、店の客を異常に神経質にさせているようだった。

ジェラードの静止の声は、すでに店中を満たしている罵声と興奮にかき消されてしまっていた。

騒ぎの火点け役となったマーティは、何が起こったのか判らぬといった顔で店内を埋め尽くそうとしている悪意に啞然としていた。

じっと耐えるように俯いてマーティの話を聞いていたタロは、先程とは人が違ったようにコワルスキーに食ってかかっていた。

コワルスキーは次第に興奮の度を高め、ついに真っ赤な顔をして立ち上がった。立ち上がりざまに、テーブルをひっくり返し、椅子をはらいのけた。

そのテーブルにぶつかった男が、痛さのため我を忘れてコワルスキーに殴りかかった。その男の右の拳がフックでコワルスキーの頬にヒットした。

だがコワルスキーは、わずかにしかめた顔を右にそらせただけだった。この巨漢には、酔った男のパンチなど取るに足らないものだった。コワルスキーはその男を怒りのなすがままに捕えて大きく横へぶん回し、そのまま手を放した。

コワルスキーを殴った男はそのままふっ飛んでいき、幾人かの客がいたテーブルに突っ込んで行った。

怒りは怒りを呼び、店内のいたるところでつかみ合いが始まっていた。

「よさねえかい、みんな。騒ぐ奴はすぐに店を出て行け。てめえらには一切酒は飲ませねえから、そう思え」

ジェラードは叫んだ。人の好《よ》さそうな若者のビートまでが、怒りの炎に身を燃やして騒ぎの中で暴れていた。

ひとり、テツが不自然なくらい静かに腰掛けていた。

「おい。あんた。さっきの不思議な技で何とかならないのかい」

ジェラードはテツにおろおろとした声で言った。もう頼るのはテツしか居ないような気がジェラードにはしていた。騒ぎの原因がこのテツならば、騒ぎを鎮められるのもテツしか居ない、とジェラードは無意識のうちに計算したのかもしれなかった。

「おい、何とかしてくれ」

ジェラードはテツに哀願した。

テツは、ようやくゆっくりと目を上げた。その目をジェラードがのぞき込んだ。

「疲れてるんだ」

テツは、しわがれた声で言った。その言葉の陰には、自分ならば何とかできるという自信が窺えた。

コップが飛んで来てカウンターの中にある棚にぶつかって、ガラスの破片が飛び散った。

ジェラードは思わず首をすくめた。

「おい頼む。このままだと店ごとぶっ壊されちまう」

テツは、しばし考えると、ゆっくりと例の黒いケースを膝の上にかかえ上げた。

ジェラードは何かの武器がその中に入っているものと思い込んでいた。彼はびっくりしてテツの顔を見た。テツの顔には深い疲労の色があるだけで、他にはどんな感情も読み取ることはできなかった。

「騒ぎを鎮めたら」彼は言った。

「金を払ってもらう」

「金だって」

ジェラードは目を丸くしたまま尋ねた。

「それと、今夜の宿を世話してもらおう。さっきも言ったが、これは俺の商売道具だ。これを使うとなりゃ、これは俺の商売ということになる」

「いったい何をしようというのだ。人殺しは俺が許さん。ここに居るのは、皆、この街の仲間だ」

ジェラードはそう言ったがテツは取り合わず、膝の上に置いたケースの留め金を外し始めた。

ジェラードは、言葉を探しあぐねて、黙ってその手許を見つめていた。

店内の騒ぎはエスカレートする一方だった。

テツは、四つの留め金を全部外し終えると、そっと黒いケースのふたを開けた。

ジェラードは思わず生唾を呑み込んだ。そのジェラードの緊張は、奇妙な驚きに変わった。テツがケースから取り出したものを見たのだ。

テツは、直線と曲線が微妙に交差し光を反射している金色のモノを取り出した。それはところどころ、メッキがはげたようにくすんではいたが、よく手入れされているらしく、見事な輝きを持っていた。

「トランペットか」

ジェラードは思わず呟いた。

「ほう、知ってるのかい。こいつを」

テツが言った。もうこのあたりでは、こんな楽器を吹く人間は居ない筈だった。

ジェラードは、ケースの中味が殺人道具でなかったことに安心したものの、今度は、トランペットという楽器で、どうやってこの騒ぎを鎮められるのかと、不安になってきた。

「どうするつもりだ」

ジェラードは言葉に出してテツにそう尋ねた。

「金と宿は頼んだぜ、約束だ」

そう言うと、テツは、トランペットにマウスピースを差し込み、それを口に当てた。

ジェラードは、ぽかんと口を開けて、テツの様子を見ていた。

一度大きく息を吸い込むと、テツは頬を丸くふくらませて、金色に輝く楽器に当てた唇を静かに震わせた。

店の騒音の中に、全く異質の音が流れ出した。

つかみ合いをしていた客が、ふとその手を止めた。怒鳴り合っていた客が、言葉を中断して耳を澄ました。

タンギングを利かせて、高音でイントロダクションを吹いたテツは、続いて、柔らかい音色で静かにひとつのメロディーを吹き始めた。

その音が、店中の物がぶつかり合う音や罵声の中に滑り込んでいった。

リチャード・ホワイティング作曲の『マイ・アイディアル』。その、あまりの状況にそぐわない、美しいメロディーラインに、騒ぎの中の人々が聞き耳を立て、テツのほうを振り返った。

潮が引くように騒ぎが治まっていった。店内の客たちは、映画のストップモーションのように、思い思いの恰好でその場に釘付けになっていた。

つめていた。

ジェラードは信じられないものを見る目つきのまま、身動きひとつせずにテツを見
不思議なことに、誰一人、テツの演奏を邪魔しようとする者はいなかった。

騒ぎを鎮めるには、その騒ぎの持つエネルギーをはるかに上回るパワーをもって対処するしかない。このテツのエネルギーは、この小さな店の喧騒など一気に蹴散らしてしまう程のものだということになる。

そのエネルギーを、ひとつの静かなメロディー・ラインに変換してテツはトランペットを吹き続けているのだ。

ツーコーラス分のテーマを吹くと、テツは、倍テンポになって、ソロのアドリブ・フレーズを吹き出した。

トランペット一本でコンボと同じ演奏をやろうというのだ。それは、まるでばかげた演奏の筈だった。だが、その演奏を奇妙だと感ずる者は一人もいなかった。

唖然としていた客たちの表情は、次第に驚愕とも恐怖とも取れるものに変わっていった。不思議なことに、テツのトランペットに合わせてバッキングを取るピアノの音が、サポートするベースの音が、リズムキープするドラムの音が、どこからか聞こえてくるような錯覚に、店中の人間が陥り始めたのだ。

テツは、店内に先程まで満ちていた異常なエネルギーを、全部吸い取ったように、

一人でエスカレートしていった。

客たちは店内が別世界に引きずり込まれて行くような気がしていた。それも一人や二人ではない。全員がそうだったのだ。暴れ者のコワルスキーは、胸元をつかんで宙づりにしていたビートを、無意識のうちに床に降ろしていた。ビートも、自分が床に降ろされたことにも気づかずにいた。

ピアノ、ベース、ドラムの音は、テツのトランペットに微妙にからまり、そして演奏をサポートしていた。

リズミカルにタンギングで上昇していったと思うと、ソフトな音でテツは波を描くようなフレーズを高音域で吹き鳴らした。

ジェラード・コナーズの店は、数世紀も昔の地球のジャズクラブと化していた。テツという、プレイヤーの異常な精神力が、他人を巻き込んでそんな幻想を見させているのかもしれなかった。

宇宙《うみ》の星系を旅する者に、時としてそういう能力が目覚める時がある。与えられるのではなく目覚めるのだ。とほうもない時間と空間をたった一人で旅する者にやって来るのは、確実な死か、あるいはこの〝目覚め〟によって得られる強烈な生かのどちらかだった。

外洋を旅する者たちはこの能力を、宇宙のパスポートと呼んでいた。

身をよじるようにして、トランペットからパルスを吐き出すテツから目をそらせる者はもう居なかった。

汗が飛び散った。

激しいフレーズから一変して、テンポがもとのゆるやかな速さに戻り、静かなテーマが再び出現した。

この曲が数世紀も昔の地球のスタンダードであることを知っている者は、ここには一人もいなかった。モダン・ジャズのスタイルを知っている者すら居たかどうか判らない。だが、ここに居合わせた人々は皆、そのスタイルをはっきりと見届けた気がしていた。

テツの演奏が終わった。コンサート会場の照明が点《とも》る瞬間のように、ジェラード・コナーズの店は一瞬にして現実に戻っていた。

客たちは、茫然としていた。先程まで自分たちが何を争っていたのか、全く忘れてしまったようだった。

誰かが、手を叩き鳴らした。それに誘発され、拍手が店中に広がった。中には、涙を浮かべている者さえいる。

ふと我に返ったジェラードは、テツが店に入って来た時から感じていたにおいの正体を見たような気がしていた。

テツは、地球のにおいを持っていたのだ。彼が使った地球の古武道や、古いジャズのスタンダードもそのにおいを強調するのに役立っていたが、何よりもまず、彼の強烈な精神力が絶えず、その雰囲気を周囲にふりまいていたのだ。

それはテツが宇宙のパスポートを持っているせいかもしれなかった。

拍手の中で、演奏を終えるなり力尽きたように肩を落とし背を丸めていたテツが、ぐったりとスツールに腰を降ろした。

拍手が止むと、客たちはテツを取り囲むように集まってきた。テツに何かを話し掛けようとするのだが、何をどう言っていいのか、誰も判らないのだ。

讃美の目だけが光る中で、テツはゆっくりとトランペットを白い布切れでぬぐうと静かにケースの中におさめた。その動作ひとつひとつまでが、周囲の人々に妙ななつかしさを感じさせた。

「あんたは、地球に行ったことがあるのかい」

誰かがそう尋ねた。

「いいや」

テツはケースの留め金をはめながらしわがれた声で言った。

ばかげた質問だった。最新式のワープ船で航行しても、はるか恒星間の外洋を旅して地球にたどり着くには百年はかかるのだ。しかし、そのことを知り尽くしているにもかかわらず、そう尋ねたくなるほど、テツには不思議な気があったのだ。

「でもどうしてだろう。あんたは、ここの誰よりも地球人くさい。星系《うみ》を旅しているなら、もっと異国のにおいがしてもよさそうなのに」

他の誰かが言った。すると、初めてテツの瞳に、反応の光が現われた。彼は言った。

「俺が地球人でいたかったからさ」

そう言うと、テツはビートを見た。モード人の血を持つ青年は驚いたようにテツを見返した。

「大切なのは血じゃない。意志だ」

テツはビートを見ながら、低い声でぼそりとそう言った。ビートのワインレッドの目が輝いた。それを見て、テツが初めてかすかに微笑した。

「宇宙のエネルギーは意志の集合体だ。宇宙《うみ》の旅で最も大切なのは個人の強烈な意志だ。だれもそれを妨げることはできん」

ぼそぼそとテツは言った。

客たちは先程の論争を想い出してか、ばつの悪そうな顔で、お互いの顔を見合わせた。後ろに居た客がきまり悪そうに倒れたテーブルを起こし、椅子をそろえた。

ジェラードはふと我に返って陽気な声で言った。

「ほら、ほら、さっきのことは忘れてやる。お前たちも忘れろ」

客たちは、ジェラードを見た。

「ここに居る旅人のために飲み直しだ。店の中を片付けろ」

そう言われて、客たちは、陽気な顔を作って店の中に散らばっていき、椅子やテーブルをもとの位置に直しにかかった。

ジェラードは、皆が散ってゆくと、新しいグラスを出し、テツの前に置いて酒を注いだ。ジェラードは言った。

「約束通り金と宿は用意するよ」

テツは黙ってかすかに頷き、そのグラスを手に取った。

「ところで」ジェラードは言った。

「やはりタロはチニカと結婚したほうがいいと思うかい」

テツは、グラスを見つめたまましばらく黙っていたが、やがて溜息をつくように言った。

「判らん」

ジェラードは頷いた。

「それはタロが決めることだ。彼が決めたことが一番正しい」

「そうかもしれねえな」

そう言うとジェラードは棚から酒びんを一本取り出した。

「おいコワルスキー。こいつは俺のおごりだ。皆に注いでやってくれ」

そう言うと、ジェラードはそのびんをコワルスキーに放った。

コワルスキーはそれを受け取ると、済まなそうな笑顔を周囲の連中に向けた。

周囲の客のグラスに酒を注ぎ終えると、コワルスキーは、ふとビートを見た。ビートはコワルスキーに背を向けて腰掛けていた。

コワルスキーは、躊躇するように視線を床の上でおろおろとさせた後、決意したようにビートの背に近づいた。彼はビートの後ろに立って、もじもじとしていた。

ビートがそれに気づいて振り返った。ワインカラーの瞳がコワルスキーのブルーがかった灰色の目を見つめた。

「俺に注がしてくれるかい」

コワルスキーは言った。ビートはじっとコワルスキーを見ていたが、やがて自分のグラスを取り、コワルスキーの目の前に差し出した。

コワルスキーは、そのグラスに何も言わずに酒を満たした。ビートの美しい赤い瞳にふと微笑が差した。

コワルスキーも、唇だけに微笑を浮かべた。

ジェラードは、そっとその二人を窺って、ひとりで頷いていた。

客たちはグラスを上げ口々に言った。

「旅人に……」

店になごやかさが戻って来た。

その時、店にバタバタと駆け込んで来た女がいた。四十歳ほどの太ったおかみさんという風体の女だった。

マーティが、すっとんきょうな声を上げた。

「どうしたんだ、お前」

どうやら彼の女房らしい。彼女は言った。

「何を呑気《のんき》なこと言ってんだよ、この人は。皆も聞いとくれ。西のほうで新しい砂嵐が発生したんだよ。もうじき、ここまでやって来るよ。さあ、皆、家へ帰ってシャッターを閉めるのを手伝っておやり」

「本当か」

客たちは一斉に立ち上がった。

「さあて、また一荒れ来るか。ジェラード。この嵐がおさまったら、また会おうぜ」

コワルスキーがそう言うと、いち早く店を出て行った。

「よそ者。きっとまた会おうぜ」

店を出際に彼は振り返ってテツにそう言った。テツは手に持ったグラスを軽く上げてそれに応えた。

それをきっかけに客たちは我先に家へと急いだ。

ビートが出口まで行って、ふと立ち止まり、テツに言った。

「どこかで、親父に会ったら言ってくれ」

テツは、ビートを振り返った。

「俺はあんたを誇りに思ってる、とね」

テツは、頷いた。ビートは言った。

「そして俺は地球人としての誇りを持っている」

テツは唇をゆがめて微笑した。ビートは走り去った。タロも戸口でテツを振り返った。

テツは何も言わずタロを見つめた。タロもテツを見つめていた。そして、タロは何も言わずに頷くと、照れ臭そうに走り去って行った。

店の中に主人のジェラードとテツだけが残された。

「さて、うちも防砂シャッターを下ろすか」

ジェラードはそう言って戸口へ行った。ドアに鍵をかける音がして、次にシャッターを下ろすかすかなモーターの音が聞こえてきた。

「なあ……」

ジェラードは戸口に立ったまま言った。

「あんたは、いったい何者なんだい」

テツは、振り向かぬまま静かに言った。

「旅のラッパ吹きさ」

その返事はジェラードの気に入ったようだった。彼は肩をすくめると、前掛けを外し、テツの隣に腰を降ろした。

「この二階の部屋を使ってくれ。そして、これは、約束の金だ」

そう言うとジェラードは、二千チェックのクレジットを渡した。一夜の演奏料としては過大な金額だった。

テツはそれを見て、一瞬ためらいを見せ、やがてそれを受け取るとポケットにねじ込んだ。

「また旅に出るんだろう」

ジェラードはなるべく感情を表わさない声で言った。

「ああ、明日、砂嵐がおさまっていたらな」

「また、ここへ寄ってくれるな」

「それは判らない」

テツは言った。ジェラードはテツの顔を見て言葉を探しているようだった。その気配を察してかテツが言った。

「ただ、俺はこの街が気に入った」

ジェラードは、目をカウンターに落として頷いた。そして、グラスを手に取ると、大きく息を吸い込み、努めて明るい声で言った。

「乾杯してくれ。あんたのために」

ブルー・トレイン

BST−81577(BLUE NOTE)
〈パーソナル〉
ジョン・コルトレーン(ts)
リー・モーガン(tp)
カーティス・フラー(tb)
ケニー・ドリュー(p)
ポール・チェインバース(b)
フィリー・ジョー・ジョーンズ(drs)

「俺を殺す気かよ」

俺は苦々しく湧いてくる腹立たしさを抑え切れずに、うめくようにそう口に出して言った。

「そうむくれるな」

俺たちのマネージャーをやっている高木《たかぎ》という長髪の若い男が言った。彼は長い髪を両手でかき上げてから、小さい眼鏡を右手の人差し指の関節で軽く押し上げて、俺の顔をちらりと見た。

「仕事が入るのは悪いことじゃないだろう。稼げる時に稼いどくもんだ」

俺を見た目をスケジュール表の上に移しながら高木は言った。

「仕事があるのはありがたい。だけど限度があるだろう。俺のスケジュールをもう一度よく見てみろ」

「今見てるよ」

「いいか、今晩は新宿のライブハウスで十一時まで演奏《や》る。明日は朝の十時からたて続けにスタジオの仕事が二本だ。その日のうちに地方へ演奏旅行《ビータ》だと。冗談じゃねえよ」

「仕方がないんだよ」

「何が仕方がないんだ」

「ライブの仕事はハコで入ってるんだ。外す訳にはいかんだろう」

「当たり前だ。それはそれで俺も文句は言わん」

「スタジオ二本はインペク屋の御指名なんだよ。アレンジャーがピックアップしたんだと。こっちのスケジュールが空いていたんだから断わるわけにもいくまい」

「誰のアレンジだ」

そう俺に問われて、高木はレコード業界では売れっ子のアレンジャーの名を二つ上げた。

「どうだい。文句の言えない仕事だろう」

「まあいい。問題は最後のビータだ。何でまた突然にそんな話が飛び込んで来たんだ」

「知らねえよ。うちのボスんところに来た話らしい。経費すべて向こう持ちで、ギャラも悪くない。しかも、単独公演でやり放題ときている。これは乗らない手はないだろう」

俺は再びうめいた。考えてみれば仕事をどんどん取ってくれるのはありがたいことだ。俺たちは給料をもらって生活しているわけではないので、仕事は多いほど金も入って来るのだ。

それはわかっているが、今の俺にはそんな理屈は通用しなかった。

もうくたくたに疲れているのだ。今はただ酒をあおって、ベッドにもぐり込んで二日も三日も眠って過ごしたかった。仕事を強いる者がやたらに憎いのだ。

「仕事が嫌ならそのサックスを質にでも入れちまいな」

高木もさすがに気分を害したらしい。

「ああ、嫌だね。本当にそうしちまいたいよ」

俺の理性は、疲れというどろの中にどっぷりとつかって隠れてしまっていた。もう相手の立場や感情などを思いやっている余裕がなくなっていた。

気まずい空気を部屋に残し、俺はテナーサックスの黒いハードケースをつかんで立ち上がると、事務所を出ようとした。

その背中に高木の声がぶつかって来た。

「いいな。公演の場所はメモに書いてある。確かに伝えたぞ」

俺は無言で事務所のドアを閉じた。エレベーターホールまで重たい足を引きずりながら歩いた。

俺のいる四階までゆっくりとエレベーターがのぼって来るのをいらいらしながら待つ。

「何でも商売となるとつらいものさ」

俺の中でやけに楽観的な声が聞こえた。しかし、その声も、今の俺には何の慰めにもなりはしなかった。

「何のためにこんなばかなことを始めちまったんだ」

今頃会社から帰り、茶の間で夕食を食べながら、妻と昼間の出来事を、語り合っている男もいるだろう。

女の子と待ち合わせて、どこか気のきいた店で酒でも飲んでいる男もいるだろう。

何の心配もなく漫画の本をベッドに寝そべって眺めている男もいるだろう。

皆、同じ男なのだ。なのに俺だけ、暗い街を楽器をぶらさげたまま歩き回っている。

どうも俺にはそんな考えしか浮かんでこなかった。

その分だけ自由なのだろうと、世の中の人は言うかもしれない。好きなことで食っているのだから満足だろうと。

しかし実際は自由でもなんでもない。事務所と契約しているので、スケジュールに追い回されるのだ。そしてそのスケジュールがいつ何時《なんどき》入るか、まったくわからない。

しかも、うかうかしているとすぐに新しいプレイヤーたちが育って、たちまち俺たちはホされてしまう。

疲れていると、頭の中は悪い方へ悪い方へと回転していくようだ。

もうこの世には楽しいことなど何ひとつ残されていないのだという気持ちで、仕事場にたどりついた。

顔も見飽きた連中と、なれあいの挨拶を交わし、うんざりするほど知り尽くしたステージでセッティングをした。

客が集まり、俺たちは打ち合わせを始めた。皆眠たげな目で適当に何かしゃべり、そのままステージへ上がる。

客席の照明が消えて、ステージの俺たちにスポットが当たる。その光が俺の目に入って、俺はそのまぶしさに苛々した。目を細めてそのピンスポットをにらみつけてやる。

ドラマーがスティックをたたき合わせてカウントを取った。その音が妙に耳ざわりだ。次の瞬間に全員で一曲目のテーマに飛び込んだ。ベースとピアノのばらつきが気になり、俺はサックスをくわえたまま舌打ちしたくなった。もちろん本来ならばそんな気にするほどのズレではないのだ。

テーマの後は俺のサックスソロだった。俺はお決まりのフレーズだけをだらだら羅列した。それすらも面倒臭いといった有様だ。早く仕事を終えてベッドにもぐり込みたい。そんなことを考え出す始末で、もうどうにも末期的症状なのだ。

後ろから響くトップシンバルの音が、我慢できないほど神経に障《さわ》った。

俺はきっと苦虫を百匹も噛みつぶしたような顔をしていたに違いない。とにかく演奏が終わる頃にはもう口を開くのも億劫《おっくう》な状態だった。

俺は退社時にタイムカードを押し終えたサラリーマンのように、さっさと楽屋へ引っ込んだ。一人無言で後片づけをする。つくづく自分がドラマーでなくてよかったと思った。ドラマーは、演奏の間中汗だくになってドラムを叩き続け、演奏が終わると山のような楽器を片づけなければならないのだ。

仲間たちは演奏の興奮が醒めぬまま、楽屋で雑談を交わしている。

俺は、明日の朝早いからと言って、そこを一人で抜け出すことにした。一時間でも、三十分でも多く眠らないと明日は本当にぶっ倒れてしまう。

「じゃあ、明日は現地で会おう」

ピアニストがそんな俺に無神経な声をかけた。こいつは顔だけはひどく繊細な感じがする男だ。現地とは、例の地方公演の会場のことを言っているのだ。

「ああ」

俺は面倒臭いのを隠そうともせずにそう言って、後ろ向きのまま皆に手を振って店を出た。

「暇人《ひまじん》どもめが！」

俺は訳もなく毒づいていた。別に彼らが俺に対して悪いことをしたわけでもなければ、彼らが一般人に比べて暇なわけでもない。

ただ、もう今の俺にとっては何もかもが腹立たしいのだ。

すれちがう男の酒臭さに腹を立て、ベタベタするアベックに怒り、電車の遅さに苛々しながら、俺はようやく部屋にたどり着き、床に散らばっている新聞や雑誌をわざと踏み散らし、服をむしるように脱いでは投げ散らかし、乱れたままのベッドにもぐり込んだ。

疲れが後頭部から眼の奥にかけて固まっていて目頭がうずいた。

あまりの疲労であおむけになっていることさえつらくて、一度寝返りを打ってから横向きになり、胎児のように膝を縮めた。息が重苦しかった。それから俺は、突然眠りに落ちた。

重苦しい朝が来た。寝汗をかいたらしい。毛布の中はやけに熱っぽく、肌の表面がぴりぴりと敏感になっていた。極度に疲れている時は寝ている間に発熱して、知らぬ間に寝汗をかいていることがあるのだ。これが続くと貧血を起こしてぶっ倒れるはめになる。どんなに体力があろうと人間は休まねばならない。ところが今の俺には休むことは許されなかった。首筋にかけて、ずっしりと重たいものが乗っているような不快感をぶら下げたまま、俺はのそのそとベッドから起き出し新しい下着を着けた。

「くそったれどもめ」俺は毒づいた。

日本人は皆どうかしている。他人を死ぬまでこき使おうとする人種と、死ぬまで働き続けようとする人種で日本はでき上がっている。そのうち皆くたばっちまうんだ。

朝から俺はそんなことを考えていた。天気がいいのだけが、唯一の救いだった。俺は何とか自分の気分をだましながら、今日の最初の仕事場である新大久保のレコーディング・スタジオに向かった。

スタジオではリズム取りが終わり、ストリングスのダビングをやっているところだった。

「早いね」

インペク屋が笑顔で声をかけて来た。

「ほかのは、まだ？」

「リーモとマッちゃんが来てるよ」

森野《もりの》と松田というトランペッターのことだ。インペク屋というのはレコーディングの時にミュージシャンを集める商売だ。普通の歌謡曲のカラオケはリズムセクション、弦、管の順でかぶせていく。最近ではその後にシンセサイザーが入るが、インペク屋はその時間帯に合わせてミュージシャンのスケジュールを作って呼び寄せるのだ。

おまけにアレンジャーのスケジュールに合わせてスタジオのブッキングまでやってしまうのだから、レコーディング・ディレクターたちにとってはこれほどありがたい商売はないだろう。

スタジオのロビーでは、写譜屋がスコアからパート譜を写し取っていて、そのむこうにトランペッターの森野と松田が、コーヒーを飲みながら腰かけていた。

森野は長い髪にパーマをかけ、米軍放出のカーキ色のジャケットを着ていた。松田はチリチリの髪を短く刈り、口髭を生やしている。二人は俺を見ると笑いかけてきた。

「よう相変わらず売れてるね」

森野が声をかけてきた。

「ああ。もう死んじまいたいよ」

そう言いながら二人の向かい側のソファーに腰を降ろすと俺はコーヒーを注文し、ハイライトをくわえてジッポーのオイルライターで火をつけた。煙がしょぼしょぼする眼に入って、思わず俺は眼を細めた。

「きょうはこのあと信濃町のスタジオがあって、夜はビータときてるんだ」

俺はぼやいた。自分の生活を他人に話すことで、少しでも気晴らしになった気がする。

松田は、やれやれといった笑顔を作ってから訊いた。

「どこだい、ビータってのは」

「よく知らん。昨日、高木に突然言われたんだ。切符と乗り替えの駅なんかを書いたメモを渡されただけだ」

「それもまたいいかげんだね」

コーヒーがやって来た。今日起きてから、初めて腹の中に入れるものだ。匂いをかぐと胃の中で何かが動いたような気がした。一口すると、快い苦味と酸味がかおりとともに舌の上から口いっぱいに広がっていった。

「カルテットで行くのかい」

松田が訊いた。

「ああ、そのようだ。どこかの物好きが俺たちの単独公演を組んでくれたんだってさ」

「いい話じゃない」

森野が言った。

「まあね」

俺はいい加減に返事をしておいてからコーヒーをすすった。

それから俺たちは、楽器がどうの、どこのバンドがどうの、きょうのアレンジャーはどうのと雑談をしばらく交わしていた。

写譜屋が大急ぎで写譜を終え、スタジオのほうへパート譜をかかえて走って行った。俺たちが使うパート譜なのだろう。段取りをすべて引き受けているインペク屋に渡すのだ。

「おい、もうじきらしいな」

森野が耳を澄まして言った。そう言えば弦ダビングの音はもう止んでいた。

そこへインペク屋が俺たちを呼びに来た。俺たちはけだるげに立ち上がると、雑談を交わしながらスタジオへ入った。弦の連中とすれちがいだ。どうもいつも思うことだが、同じスタジオ通いのミュージシャンでも、弦の連中というのはわれわれとは人種が違うようだ。クラシック畑の連中ばかりのせいかもしれない。俺たち管の人間というのは、やはりジャズ畑が圧倒的に多く、リズムはロックとジャズ半々といったところだ。

仕事はいたって順調で、ワン・テイクでオーケイが出た。仕事というのはいつもこういう具合に手際よくいきたいなどと多少いい気分になって、俺はすぐさま次のスタジオへ向かった。

新大久保からタクシーで信濃町へ移動するのだ。俺はぐったりとシートに身を投げ出し、運転手に声をかけようともしなかった。

次のスタジオでは、ニューミュージックのLPとやらで、ソロを取らされた。

俺に言わせれば、自分のLPくらい自分でソロを入れればいいのであって、自分で吹けないくらいなら、そんな企画は出さなければいいのだ。ニューミュージックの連中というのは曲もアレンジも自分でやるのだそうだから、そこまでやって当然だと思うのだ。こっちだって他人のレコードに本気になって精神的にも肉体的にも疲れるアドリブソロなどやる気になるわけがないのだ。

疲労のせいでこんなことまで腹が立つ始末だ。

適当に吹いていたらいい加減なオーケイが出た。

起きてからこの時間になって、ようやくメシにありつけた。最近ではどこのスタジオでも軽食も取れる喫茶室を置いているし、外から出前も取ってくれる。俺は喫茶室へ行って、ハムエッグとコンビーフのたっぷり入ったトーストサンドと、レタス、ピーマン、オニオンのグリーンサラダと、ミルクを腹に詰め込んだ。食っていないと、すぐバテてしまう。なるべくタン白質を取るようにと心がけている。

食事が終わって、煙草をくゆらせながらポケットに手をつっこんで、マネージャーの高木が寄こした切符とメモを見た。

旅は本来嫌いではない。むしろ好きなほうだと自分では思う。しかし、今は揺れる電車や固いシート、人混みとやかましい会話の不協和音しか連想されず、うんざりとした気分だった。

「すっぽかして、帰って寝ちまおうか」

ふとそんな考えが頭に浮かんだが、次の瞬間俺はギョッとして身を起こしていた。切符にコンピューターで打ち出された列車の発車時刻を見たのだ。

新宿発十四時ちょうどのエル特急の指定席券が二枚ある切符のうちの一枚だったのだ。発車まであと二十分しかない。

俺は慌ててスタジオを飛び出すと、車が早いか、国電が早いかを一瞬のうちに判断し、国鉄信濃町の駅へ駆け出した。何でこんな思いをしなきゃならないのかとほとほと情けなくなりながら、ホームの階段を駆け降りた。

運よく黄色い電車がホームにすべり込んで来て、俺はそれに飛び乗った。そのまま坐り込んでしまいたい気分だった。

電車はのろのろ走り、やたらに俺を苛々させた。

新宿駅の二番線ホームに俺が駆け込んだ時、特急の発車ベルが鳴り始めた。俺は一番近いドアから飛び乗った。

ドアが閉じる。俺の心臓は十六ビートを刻み、軽く眼が眩《くら》んだ。列車が動き出すとようやく俺はよろよろと歩き出し、自分の席を探した。

列車内には、弁当やみかんを買い込んだ老人や、大学のサークルらしい若者たち、出張帰りのビジネスマンやら、いろいろな人種が乗り込んでいて、サックスのケースと革の小さな肩かけ鞄《かばん》を持っただけの俺は、何か場違いな感じがした。

ようやく、自分の席が見つかった。ぐったりとして腰かけようとすると、隣の席の男が声をかけてきた。

「よう。もう来ないかと思ってたぜ」

マネージャーの高木だった。

「なんだ。おまえと一緒か。色気のない旅行だな」

「そう言うな。お互い様だ」

「他の連中はどうした」

「もう先に出発している。向こうの会場で落ち合うことになってるんだ」

「なんだい。朝から働きづめなのは俺だけかい」

「たまたまスケジュールが重なって、悪かったな」

高木はあくまで柔軟な態度で接してくれていた。だからと言って今の俺は、感謝する気になどとうていなれない。

「たまたまね……。まあいい、おい、窓側に坐らせてくれよ。少し眠りたい。駅に着いたら起こしてくれ」

「いいよ」

高木は席を譲り、俺の居た席に腰を降ろした。俺が窓側に落ち着くと、彼は文庫本を取り出して読み始めた。何だかんだ話しかけてこないだけありがたかった。

俺は頬杖をついて、車窓の外を眺め始めた。灰色のビルやアスファルトの道路の上に原色をちりばめた見慣れた中央線沿線の景色が窓の外を流れていき、やがてそれにさまざまな濃淡の変化を持った緑色が合わさっていった。

疲れた眼をぼんやり開いていると、その流れていく景色の配色と単調な列車の音が快くようやく旅行をしている気分になってきた。

とにかく夜の公演に備えて眠ろう。そう思って俺はシートに深く身をうずめ、腕を組んで眼を閉じた。まぶたの上を無数の光の濃淡が通り過ぎて行った。ゴトンゴトンという単調なリズムを聞いているといつの間にか意識が自分の内側だけに閉じこもり、やがて俺は眠ってしまっていた。

俺は、故郷の山の中を、父親と一緒に旅していた。まだ小学生の俺は夢中で車窓から、流れていく外の景色を見つめていた。なぜだか無性に哀しく、また淋しかった。

コトリという小さな音で俺は目を覚ました。一瞬、夢と現実がごっちゃになって思わず俺は目をごしごしとこすった。

あくびをしながら両腕を上げて伸び上がると、背骨が二、三カ所で小さな音をたてた。窓際の小さなテーブルを見ると、ビールの缶が置いてあった。

隣の席では相変わらず高木が文庫本を読みながらビールを飲んでいた。

俺は黙って缶を開けた。買ってからさほど時間が経っていないのだろう。中味のビールはまだ十分に冷えていた。寝起きのせいで胸の中にぽっかり空いた苦々しい空洞に、俺は一気に冷たいビールを流し込んだ。

俺が長年探し求めていたのはこれなんだ、というような快い味と感触でビールは喉を下っていった。

「目が覚めたのか」

高木が本から目を離さずに言った。

「ああ。ビール、サンキュウ」

俺はそう言って窓の外を見た。列車は紅葉の中を走っていて、その黄色や、紅色や茶色が、緑色の中で織り成す見事なモザイクに俺はびっくりした。

こんなにきれいなものが、まだこの世に残っていて、しかも列車で二時間も揺られれば誰にでも見ることができるという事実が全く信じられない気がしたのだ。

旅の魔力が俺に忍び寄って来たようだ。俺はもう、ささいなことにでも感動しやすくなっているようだった。

「あとどれくらいで着くんだ」

俺は高木に話しかけた。

「そうだな、乗り替えも含めて、一時間半もあれば着くんじゃないかな」

「俺、かなり寝てた？」

「そうでもないけど、でもかなり機嫌はよくなったようだな」

時計を見ながら、高木は言った。

「ビールのお陰さ」

俺は苦笑しながら言った。

それからまた二人は黙り込み、俺は景色を見ているうちにうとうととした。しばらくして、俺は高木に腕を小突かれて目を覚ました。

「乗り替えだよ」

俺は寝ぼけ眼で、ただ高木の後について駅のホームを歩いた。大きな町らしく、駅もきれいで立派だった。そこがどこの駅なのか俺は全く関心がなく、どこへ連れて行かれるのかを知ろうともしなかった。高木は当然俺が目的地を知っているものと思い込んでいるのだろう。

二人は薄汚れた感じのするローカル線に乗り込んだ。いつの間にか日が暮れかかっていて、暗い車灯がともっていた。

シートは向かい合わせのボックスだが、ガラガラに空いていて、二人でひとつのボックスを占領できた。

ローカル線はのんびりと走り出した。山間《やまあい》の小さな畑の中を列車は走った。

俺は窓の外の景色にまた感動していた。それは、本物の夕暮れの色をしていたのだ。

俺たちが普段生活している街の中には夕暮れの色はなかった。水銀灯やネオンサインや、ビルの窓の明かり、車のヘッドライトなどで、それは完全にかき消されているのだ。

今俺が見ているのは、都会に生活している人間が絶対に見ることのできない、または全く忘れ去ってしまっている夕暮れの色だった。一面に薄墨を溶かし込んだように、本当に「とっぷりと暮れる」という表現が実感される色だった。

ゴトゴトと揺れながら、列車は走り、やがて俺たちは目的の駅に着いたようだった。

旅の気分は終わりだった。体の底に沈澱していた疲労感が、また湧き上がって来た。とにかく仕事を終わらせなければならない。駅に着くと俺はそのことばかりを考え始めた。けだるさが全身と脳髄を支配した。

俺はホームにかけてある駅名も見ずに改札をくぐった。駅の待ち合い所には、このコンサートの主催者側の人たちが車で迎えに来ていた。

駅といっても出札の窓口と改札があるだけの小さな建物だ。駅の周囲には商店街らしいものすらなかった。

出迎えの人に、高木は丁寧な挨拶をしている。俺は無理矢理に笑顔を作って「どうも……」とだけ言った。

おうへいだと言われるかもしれないが、しかたがない。これ以上のことは今の俺にはできないのだ。

車に全員乗り込んで、会場へ出発した。地方の市町村によくある「文化会館」という小さな会場らしい。

途中に小さな商店街の灯りが見えて、なぜだか俺はほっとした。都会に慣れてしまった人間には街の灯が恋しいらしい。

会場に着くと、仲間が先に到着して弁当を食っていた。何だか俺は急に現実に引き戻された気分だったが、それはさほど不快な気分ではなかった。

昨夜別れたばかりなのに、旅先で会うと不思議ななつかしさに似たものを感じたのだ。

「よう、待ってたぜ」

ピアニストが言った。俺がいない時はこのピアニストにリハーサルなどを任せることにしてある。

「さっそく、やるかい」

「まてよ、少し休ませろよ。今着いたばかりだぜ」

「一度腰を降ろしちまうと、もう二度と立ち上がりたくなくなるんだよ、そういう時は。もう、勢いに乗ってすぐにやっちまったほうがいいと思うけどな」

ドラマーが、さすがにリズムキーパーらしいことを言った。

「それもいいけど、とにかく何か腹に入れさせてくれ。遅い朝メシを食っただけなんだ」

「弁当があるよ。主催者側で用意してくれたんだけど、まだあったかくてうまいよ、なかなか」

俺はベーシストにそう言われて弁当を受け取ると、楽屋のソファーに腰かけてさっそくオリ詰めの包みを解いた。

高木が自分の分と俺の二人分の茶を入れて運んで来た。演奏前は腹の中に目一杯詰め込むばかはいない。俺は飯を半分くらいと、惣菜だけをつまんだ。

弁当を食いながら、仲間と演奏の打ち合わせをする。

「客の入りはどうなんだ」

俺は三人に尋ねた。

「それがすごいんだよ」

ピアニストが答えた。

「満員さ。さすがに立ち見はいないようだけどね」

「ふうん。よほど娯楽にとぼしいのかねえ」

俺は食い終わった弁当のオリをテーブルに置きながらそう言った。

「演芸会なんかを見るつもりなんじゃないか」

非常に悪い癖だと思うのだが、地方の小さな町村に来るとわれわれはついこんなことを言ってしまう。別にばかにしているわけでもなければ、悪気があるわけでもない。

俺は自分の言った言葉に不快になりながら、サックスを組み立て、リードをなめて取りつけた。

何度もグリッサンドして、音の調子、キーの調子を見る。

「いつもの調子で行こう」

俺は言わずもがなの一声を皆にかけた。三人は立ち上がり、のんびりとした調子でステージへ続く廊下を歩いた。

ステージのソデからのぞくと、なるほど客席は満員のようだった。確かに会場自体《コヤ》はそれほど大きくはないが、ジャズの、しかも俺たちのようなさほどビッグネームでもないグループのコンサートに、これだけの客が集まるというのは滅多にあることではない。

俺たちはなぜか嬉しいよりも、狐につままれたような気分だった。

「な、すごいだろ」

ピアニストが横から囁《ささや》いた。

「なるほど、こいつは不思議だ」

「おまけにステージのピアノがすごいんだ。何だと思う」

「国産のアップライトじゃないだろうな」

「スタインウエイのフルコンだよ」

俺は仰天した。

「本当か」

こりゃいよいよ狐だ、と俺は思った。でなけりゃまだ俺は列車の中で夢を見ているのだ、と。

どん帳が上がったままのステージに、俺たちは歩み出た。

抜群のタイミングでピンスポットが四人を捉えた。と同時にしなやかな拍手が湧き起こる。抱擁力のある、しかも熱っぽい最高の拍手だ。

俺は思わず異国のステージを踏んでいるような錯覚に陥った。メンバーの顔を見ると他の奴らもそうらしく、何となくきょとんとした表情をしている。

「行こう」

俺は指を鳴らしてテンポを示した。ドラマーがそれに合わせてカウントを取る。一曲目は俺たちのアルバムに入っている曲で、ファンならばお馴染《なじみ》の曲だ。テーマを聴くなり客が反応した。拍手が起こったのだ。大都会のコンサートでもこれほど躊躇のない反応は珍しかった。

気を好くして、俺たちは全員いい乗りになってきた。

俺もけだるさなど忘れ、ただ演奏にのめり込んでいった。

俺は絶え間もないほどに疾《はや》く音を並べまくった。

途中でドラマーがハイハットを三発ひっぱたいた。その音に触発されて、俺は低音から高音へ一気に登りつめた。その頂点でピアノが高音域で叫び、トップシンバルとバスドラムが鳴り響いた。

テーマを一回吹き飛ばして俺はソロを終えた。とたんに喚声と拍手が飛んできた。

俺はまたしてもその反応の良さにびっくりした。

今気づいたのだが、ＰＡの音も地方の会場《コヤ》にしては悪くない。いったいこれはどういったコンサートなのか、俺は首を傾《かし》げた。

ピアニストは身をよじるようにしてソロを続けた。ドラムがそれにぴったりとついていた。

ピアニストが高音へ展開していくと、その頂点でハイハットとフロアタムが鳴り響き、トップシンバルが叩き鳴らされると低いピアノの音団が発射される。

ピアニストとドラマーは互いに触発し合いながら、挑戦し合うという理想的な演奏を繰り広げていた。

しだいに二人は高揚していき、ピアノが和音だけを激しく叩き出し始め、それに合わせドラムの音がグレードアップしていった。

突然ピアノが止む。滑走していたジェット機が飛び立つようにドラムはソロに突入した。

ピアノソロに対する拍手と、ドラムソロに期待する拍手が混じり合う。

スネアを乱打しながら、バスドラムを右足で踏み鳴らし、時々左手を翻してハイハットをひっぱたく。ドラマーはのっけからフルスピードで飛ばした。

左右のスティックがスネア、タムタム、フロアタムの三つのキットの上を縦横に飛び回り、思いがけないところで、トップシンバルとバスドラムが響いた。

インターバルなしでラストスパートに突入したドラマーは、イントロと同じパターンに移った。

二度目のアタマにやってきたところで、俺たち三人は同時にイントロに入り、テーマを演奏して一曲目を終えた。

勢いに乗った俺たちは、残りの曲もガンガン押しまくった。

俺はもう半ば無意識で音を追っかけていた。こんな気分になるのは実に久し振りだ。

会場全体が熱く感じられる。

気がついた時には、俺たちはすべての演奏曲目を終えていた。

拍手と喚声が小さな場内いっぱいに鳴り渡っていた。

一度ソデに引っ込んだ俺たちは、慌てて相談を始めた。まさかこんなに盛り上がるとは思わなかったのでアンコールの曲など用意していないのだ。

結局ずいぶん前に出したアルバムのテーマになっている曲を演奏することにした。こんな客の前ではアンコールだからと言って、手を抜くわけにはいかない。

再びステージに顔を出すと、さらに拍手と喚声が高まった。

俺たちは御機嫌で一曲演奏《や》り終えて楽屋へ引き上げた。久し振りにいい気分だった。

「ここはいったいどういう町なんだ」

俺は、楽屋に姿を現わしたマネージャーの高木に興奮して尋ねた。

「どういう町って……。普通の小さないなかの町さ」

高木は冷めた顔をしている。

「どこが普通なもんか。見たろう、あの客の乗り方を」

高木は不思議そうな顔をしていた。

「客の乗り方がどうかしたのか」

今度はメンバーたちがじれったそうに言った。

「すごい乗りだったじゃないか。あんな熱い客は久し振りだ」

「こんなにいいコンサートになるとは思ってもいなかったよ」

「おまけにピアノはスタインウエイのフルコンときている」

高木は、何か気味の悪そうな顔で俺たちを見ていたが、やがてピアニストに向かって言った。

「スタインウエイのフルコン？　何かの間違いじゃないのか」

「間違いなものか、今まで俺がこの十本の指で弾いていたんだ」

「まあ、それはいい。本当に皆、客がそんなに乗っていたというのか」

「本当も何も……現にあんなに盛り上がったじゃないか。だから用意もしていないアンコールをやったんだ」

俺はそう言った。

「皆、本気でそう思ってるのか。冗談を言ってるんじゃないのか」

高木が言った。さすがに俺たちも頭にきた。

「お前こそ何を言ってるんだ。いったい俺たちの演奏中お前はどこに行ってたんだ」

「俺は客席に坐っていた」

高木は静かにそう言った。俺たちは沈黙してしまった。しばらく互いに顔を見合った。

「じゃあ、何か……」

俺は高木に尋ねた。

「客席にいたお前にはそれほど客の反応が良かったとは感じられなかったというのか」

「ああ。悪くなかったことは確かさ。ただそんなにお前たちが喜ぶほどでは決してなかった。それに、スタインウエイのフルコンを弾いていたと言ったな。ピアニストが言うんだから間違いないのかもしれないが、少なくとも俺にはそうは見えなかった」

俺は何だか背筋が寒くなってきた。

「まさか、お前客席で寝てたんじゃないだろうな」

ドラマーが高木に訊いた。

「夢を見てたのはお前たちじゃないのか」

メンバーたちは何も言うべきことがなくなり蒼くなっていた。

「とにかく」

その雰囲気を破ろうとして高木は言った。

「主催者の人たちが一席設けてくれているんだ。何はともあれコンサートは成功したんだ。打ち上げといこう」

釈然としない顔のまま、俺たちは高木に連れられて近くの旅館へぞろぞろと歩いて行った。

街中は妙に静まりかえっているような気もしたが、それは都会暮らしに慣れているせいかもしれなかった。

「気をつけろ。相手が狐か狸だとしたら馬ふんでも食わされかねないぞ」

ピアニストが真顔でそんな冗談を言った。半分は本気のような顔つきだった。全員緊張したまま席に着いた。

主催者はこの町のジャズの同好会ということで、打ち上げはその会長が音頭を取った。職業は高校の先生をしているということだが、なるほど見るからに教師然とした人だった。

その他にもクラブの役員が総勢五人でわれわれを労《ねぎら》ってくれた。酒が入るにつれ、C調なもので俺たちはわだかまりも忘れ、会は盛り上がっていった。

俺は今日のコンサートが大成功であったことをようやく確信した。もし、高木の言うようにそれほど客が盛り上がらなかったにしろ成功は成功なのだ。

安心したとたんにどっと疲れが出た。酔いも手伝って俺はぐったりとして、飲めや歌えの大騒ぎをする皆を眺めていた。

「お疲れでしょう」

幹事をやっているらしい若い男が気を使ってくれて俺にそう声をかけてきた。俺は曖昧《あいまい》に笑って頷いた。

「この上に、お泊まりの部屋が用意してあります。お休み下さい。もうそろそろお開きの時間ですから」

彼はそう言った。

「そうしたほうがいい。明日のことは朝に話すから」

マネージャーの高木もそう言ってくれた。

「じゃあ、お言葉に甘えてそうさせてもらうか」

俺は立ち上がった。部屋の中に居る皆に挨拶をして障子を開けた。拍手に送られて俺は座敷を出、仲居に案内されて四畳半ばかりの寝室にやってきた。

部屋の空気はしんと冷たかった。明かりをつけずに服を脱ぎ、延べてあった床にもぐり込んだ。

シーツがひんやりと快かった。頭の下ではやや固めのそばがらの枕が乾いた音を立てた。重ための木綿《もめん》のかけ布団のしっくりと肩になじむ感覚がなつかしかった。

階下ではまだお開きにならないようだ。皆の歌声や笑い声が、どこか遠くから響くように聞こえてくる。

窓の外ではかすかに岩清水が流れるような水音が聞こえている。

いつか遠い昔に、これと全く同じようなことがあったような気がした。それがいつであったか何の出来事であったか全く覚えていないが、確かに一度経験したような気がしたのだ。

俺の心は不思議と急速に安らいでいった。一度寝返りを打つと俺は静かに深く眠り込んだ。

どのくらいたったろうか、俺はふと目を覚ました。夜明けまではまだかなり時間がありそうだった。

もう全員床に就いたらしく、旅館の中は静まりかえっていて、俺はなんだかむしょうに声をかける相手が欲しくなった。

この時間では誰も起きていないだろうし、俺は誰がどこの部屋で寝ているのかさえ知らなかった。酔いはすっかり醒めていて、妙に意識もはっきりとしていた。

こういう時はよく朝まで寝つけずにいることがある。俺は闇の中で、目を凝らして天井を見つめていた。

いろいろなことを想い出しそうだった。だがそのきっかけもなくただ寒々とした暗い部屋の中で、俺は布団にくるまってじっとしていた。

耳を澄ますと、今度はいろいろな音が聞こえてきた。

さきほどの細い水音が、幾種類かの虫の鳴き声に混じって聞こえてきた。時折、遠くの方で自動車が通り過ぎる音も聞こえた。それらの音が微妙に作用して、かえって夜の静けさを際立たせているようだった。

突然ひどくなつかしい音が、はるか遠くから響いてきた。

それが何の音かしばし想い出せないくらいなつかしい音だった。闇の底から湧き起こった、何かがむせび泣くような音だ。

それは汽車の汽笛の音だった。

俺は耳を凝らした。汽笛はもう一度鳴った。それは本当にかすかに、頭を少しでも動かそうものなら枕の中のそばがらの音でたちまちかき消されてしまいそうなくらいかすかに響いてきた。

目を閉じてさらに耳を澄ませていると、今度は機関車の蒸気の音と、連結の音が聞こえてきた。

列車がブレーキをかけると夜空に得体の知れない怪獣が淋しさのためにはり上げる咆哮《ほうこう》のような音が響く。

小さい頃、俺は蒸気機関車の走る鉄道の沿線に住んでいて、しかもいちおう主要駅のそばだったために夜中によくこれと同じ音を聞いたことがあるのだった。

幼かった俺は、よくその音に、おびえたものだった。

なつかしさが胸にこみ上げてきた。小さい頃の出来事が順を追って脳裡に甦《よみがえ》ってきた。今はもうどこにいるのかすらわからない、小学校時代の友人が、春の日だまりの中から語りかけてきた。

中学校時代に胸を焦がした初恋の女の子が雪の中にたたずんでいた。

一緒に音楽を始めた連中が、高校の音楽室の中で笑い合っていた。

俺はなぜだかひどくいろいろなものを置き去りにしてきてしまった気がしていた。

俺は涙を流しそうだった。

忘れてしまっていたものがあまりに多かったのに当惑し、俺は布団の中で思わず身もだえした。本当に涙がこぼれそうだった。

俺は布団の中でうずくまり、そっと右の腕だけ伸ばしてあたりをまさぐった。

なつかしい汽笛の音がこんなに多くのことを想い出させてしまったのだ。

まさぐっていた俺の右手はふと冷たくて固い物に触れた。俺は急いでそれをたぐり寄せた
それはサックスのハードケースだった。俺はそれを布団の中に引きずり入れた。肌に触れると飛び上がりたくなるほど冷たい塊《かたまり》だった。

俺はそれを抱きしめた。とたんに俺は涙を流し、嗚咽《おえつ》を洩らしていた。

とても他人に見せられる図じゃない。あまりに女々しく、悪くすれば、気が違ったと思われかねない。

だが俺はサックスを抱きしめてひどく安心していた。サックスのケースがあたたか

くなるにつれ、俺の心の昂《たか》ぶりは鎮まっていき、また俺は眠りの中に引き込まれていった。


次の朝は快晴で、俺はまぶしい朝日を顔面に受けて目を覚ました。

部屋の中は光に満ちあふれ、鳥の声はやかましいほどだった。

布団のまわりには脱いだ服が散らかっていて、黒いサックスのハードケースも布団の脇からころがり出ていた。

俺はそれを見て苦笑した。夜が明けてみると夜中のうちに起こったことが、全く嘘のように思えるのだ。

夜は不思議な魔性を持っているというのは本当で、これに女がからむとなおさらひどいことになる。

空気はひんやりと冷たかったが、俺は裸のまま起き出して窓を開けた。すぐそばに山並みが見え、見事な紅葉だった。

俺は昨夜の汽笛のことを想い出した。するとひとりでに頰がゆるんだ。きっとひどく優しい笑顔だったに違いない。

俺は服を着ると階下へ降りて行った。マネージャーの高木が新聞を読んでいた。昨夜の宴の会場となった座敷には朝食が湯気を立てていた。

「おう。今起こしに行こうと思ってたんだ」

高木が言った。

「皆はまだか」

「じき降りて来るだろうよ。全員、見事な宿酔《ふつかよい》だ」

「そんなに飲んだのか」

「それより、ほら、地方版に小さくだが昨日のコンサートのことが出てるよ」

「ほめてるだろ」

「激賞だよ」

「だから言ったんだ。お前、やっぱり会場で寝てたんだろう」

「もういいよ、それは……」

やがて、ひとりふたりと階段を降りてきて朝食が始まった。

皆、赤い目をして、だるそうに飯を食った。

朝食を終えると、楽器を積んだ車と、俺たちメンバーを乗せた車と二台で、東京へ向かうことになった。

出発の時、また昨夜のコンサートの主催者の人たちが挨拶に来てくれた。手を振りながら俺たちは旅館を後にした。

車の中では全員ぐったりとして、うなり声を上げる者まで出る始末だ。

「ひどいもんだねえ」

俺は隣に居たピアニストに言った。

「お前は朝から妙にはしゃいでいるじゃないか」

「ゆうべ、ちょっと珍しいことがあってね」

「なんだい、珍しいことって」

ピアニストの向こう側にいたドラマーが訊いた。

「なつかしいものを聞いたんだ」

「なんだよ」

ピアニストが興味をそそられた顔で言った。

「汽車の汽笛を聞いたんだ」

メンバーの三人は一瞬変な顔をし、やがてシートにあきれた風に身を投げ出した。

「どうしたんだ。なつかしい音だったぜ」

「寝ボケてたんだろうよ」

ピアニストが言った。

「何でだよ、蒸気のふき出す音や、列車の連結の音まで聞こえたぜ」

「考えてみろ。来る時お前が乗って来たのは何だ。全部電車だろうが」

あっ、と俺は思った。今の今までそのことに気づかずにいたのだ。俺は顔面の血が引いていくのを感じた。

「今時、こんなところに蒸気機関車が走っているわけがないんだ」

ピアニストは冷酷にも続けてそう言った。

「それに……」

運転していた高木が言った。

「こんな小さな駅で連結作業をするわけがないだろう。ここの駅は列車が通過するだけだ」

俺はそれも認めざるを得なかった。

「じゃあ、俺が聞いたのは何だったんだ」

「だから、夢でも見たんだろ」

ピアニストが面倒臭げに言った。俺は昨夜のことを思い出していた。あれは絶対に夢などではなかった。

「コンサートが終わった時、高木にそれと同じことを言われたな」

俺は低い声で言った。ピアニストをはじめ、メンバーはぎょっとして俺を見た。

それからしばらくは誰も何も言わなかった。俺はその時になって初めて、昨夜公演をやったのがなんという町なのか知らないことに気がついた。

誰かに聞こうとして俺はそれを思いとどまった。

ひょっとして誰も知らないのではないか、俺はそんな気がしてきた。

「変な旅行《ビータ》だったな」

ぽつりとピアニストが言った。全員何かを考えているらしく何も言わなかった。

「でも久しぶりにいい旅だった」

俺は溜息と同時にそう言った。

車は今、どんどんと東京に近づいているのだろう。また忙しい毎日が始まる。俺は昨夜聞いた汽笛の音を探して耳の奥をまさぐった。かすかに、しかし鮮明にそれは記憶に残っていた。

いい旅だった。俺は心の中でそう繰り返した。

車は細いアスファルトの道路を走り、やがて小さな踏み切りにさしかかった。車は、表面だけが白銀色に磨かれた線路を渡ろうとした。

「もう一度、聞こえはしないだろうか」

俺は、ひとり耳を澄ませていた。

あとがき

もう四十年も前のことになるんだなあと、デビュー作を読み返しながら、しみじみ思いました。

山下洋輔《やましたようすけ》トリオからドラマーの森山威男《もりやまたけお》さんが脱けると知ったときのショックを、とにかく誰かに伝えたいと、小説を書きました。それが、デビュー作の『怪物が街にやってくる』です。

きっと、今の自分の眼から見ると読めたものではないだろう。そう思って読みはじめました。意外なことに、新鮮な驚きがありました。

たしかに年を経るに従い、私自身小説がうまくなったと自負しています。しかし、誰かに何かを伝えたい、自分が感じたものを他人にも感じさせたい。そういう情熱は、当時のほうがはるかに強かったように思えます。

これは、おおいに反省をしなければならないことだと思います。学生時代の作品も、デビュー作も、いずれの作品も、警察小説を書き始める前のものです。

デビュー作を含めて二作あります。

まだ自分がどういう小説家になるかわからず、闇雲に作品を書いていた時代です。その頃のことが思い出されました。懐かしさなんてものではありません。嵐のような感情です。あの頃は、金はないが情念があふれていました。

ジャズやSFに対する強い憧れがあったことを再確認できました。

思えば、問題小説に作品を応募したのは、選考委員のお一人だった筒井康隆《つついやすたか》さんに、どうしても読んでもらいたいと思ったからです。

その思いが長い作家生活の始まりでした。

今、あらためてデビュー作の登場人物のモデルとなってくれた森山威男さんや山下洋輔さん、そして、私を作家に導いてくれた筒井康隆さんに、心から感謝します。

二〇一八年三月

今野　敏

解説

筒井康隆

何しろもう四十年も昔のことになるのだと言う。問題小説新人賞というものがあり、その選考委員を務めていたおれがこの「怪物が街にやってくる」という短篇を推薦して激賞したのだそうである。今、読み返してみて記憶が戻ってきた。若い頃の今野敏とおれとはこの作品に描かれている時代の中で似たような体験をしているのだった。表題作だけではなく、この短篇集に収録されている六作品全部がその時代背景の中で書かれたものだ。すべてがジャズというテーマの下で書かれている点では『ジャズ小説』というタイトルで書いたわが連作に似ているが、今野敏は主にジャズマン乃至《ないし》ジャズマンに同化した主人公を描いていて、ジャズのあらゆる雑多な側面から着想を得ているわが連作とはその点で大きく異なっている。

いったい今野敏はどうしてこれほどまでジャズに傾倒し、ジャズマンに感情移入できたのだろうか。おれに想像できることはこの時代、実に個性的なジャズマンたちがそれぞれその個性を次第に露《あらわ》にしはじめていたためではなかっただろうか。多くの作品に登場するジャズマンたちにはそれぞれほぼ確実にモデルが存在しているし、彼らの個性からは作品中の誰が現実の誰であるか、わかる人には容易にわかるのである。つまり今野敏は豊かなモデルたちの存在を同時代のジャズファンに説明するほどのこともなく、ただ自分が憑依《ひょうい》した彼らを自由に描写しただけでジャズそのものを書くという目的を果たすことができたのだった。そして今、おれは殊更に作品内の誰のモデルが現実の誰であるかを解説する気はない。あのトリオにいた誰が独立して、その誰かが後にトリオとどういう関係になったかなど、知っている人は充分よく知っているし、逆に、この世界に無縁の人はまったく知らないのだから、むしろ解説抜きで作品の語るところに身を委《ゆだ》ねてもらうのが正しいのではないかと思うからである。ただ、最初の短篇「怪物が～」に登場するトロンボーンの向井田滋朋のモデルというのが明らかにおれの大好きなトロンボーン奏者・向井滋春《むかいしげはる》であることだけはぜひとも書いておきたい。ファンとしてはその大活躍がなんとも嬉しいからである。

作中の舞台となるジャズクラブも新宿に実在し、おそらくはそこに通っていた今野敏とおれも互いに気づかぬまま同じ音楽を聞いていたのであろうことから「似たような体験をしている」と書いたのだが、その時の固有の時代背景はもう二度と繰り返されることのない時代背景なのだ。そう考えるとこの作品群のなんとも言えぬ懐かしさとほのぼのとした愛しさを自分の中に次つぎと自分自身で醸成《じょうせい》することになる。

ふたつ目の「伝説は山を駆け降りた」の主人公はがらりと変って演奏がルーティン・ワークと化した平凡なカルテットを率いるサックス奏者である。ある女性歌手のバック演奏を務めたことがきっかけでジャズの本質に気づくのだが、そのきっかけがテレビで見たキックボクシング類似の格闘技であるというところは、最後がジャズクラブ内の集団暴力事件で終る「怪物が～」に似ていて、今野敏のイメージするフリージャズの演奏というのがあるいは格闘、あるいはスポーツといった表現になることはたいへん興味深い。これは当時ジャズマンたちがジャズをスポーツやある種の格闘技とのアナロジーで話していたことに関係している。

「故郷の笛の音が聞こえる」には何やらおれに似た、トリオの追っかけをしている作家が登場し、さらに「怪物が～」にも出てきたジャズマンたちが主役となり端役となりして登場する。初めて伝綺的な装いを凝らした作品で、この時代の今野敏がさまざまな設定を試みようとしていたことがわかる。この作品、トリオの演奏シーンが特に楽しい。

「処女航海」はがらりと変って未来ＳＦである。ファンタジイと言うなら収録作すべてがファンタジイと言えようが、これは相当にハードな、ジャズの演奏こそ出てこないが、音楽、絵画、映像などの全方位性を持つ芸術的SFだ。娯楽性を犠牲にして描こうとしている世界であり、この時代における今野敏の純粋さが最もよく示されている作品ではないだろうか。

西部劇的未来SF「旅人来たりて」は、クライマックスにトランペット・ソロの演奏を持ってきた人情ものである。その曲が、リチャード・ホワイティングの「マイ・アイディアル」だという渋さであり、この辺りからも今野敏のジャズへの入れあげようがわかるというものだ。

「ブルー・トレイン」はメランコリックなファンタジイで、今野敏の守備範囲の広さを示している。ジャズマンの哀歓《あいかん》もここまで書ければ立派なものだ。ジャズが大好きだった今野敏は大学卒業後レコード会社に入社している。

この時代の作品の今野敏と現在の文壇における今野敏、さらにはつい最近我が家へ対談にやってきた今野敏という三人の今野敏がおれの中に存在している。自分の作品世界を確立しようとして懸命だった頃のナイーブな彼は、もはや各ジャンルに及ぶ何十ものシリーズを持ち、月に一冊とか二冊とかの割合で超人的な量産をする流行作家となり、日本推理作家協会の代表理事となり、それでいて大物面《づら》をすることもなく我が家へやってきて真面目で律儀な顔を見せるのである。この三人に共通するものが何かと言えば、それは小説世界への汲めども尽きぬ愛情であろう。それなくして、どうしてここまで小説のために自分の命を削ることができるだろうか。今野敏は処女作におけるジャズへの愛情を自身が描くことのできるすべての小説世界に敷衍《ふえん》させたのである。

二〇一八年三月

本書は2009年6月朝日文庫として刊行されました。
なお、本作品はフィクションであり実在の個人・団体などとは一切関係がありません。

徳間文庫

怪物《かいぶつ》が街《まち》にやってくる

2018年4月15日　初刷

著者　今《こん》野《の》　敏《びん》
発行者　平野健一
発行所　株式会社徳間書店
東京都品川区上大崎三—一—一　〒141—8202
目黒セントラルスクエア
電話　編集〇三(五四〇三)四三四九
　　　販売〇四八(四五一)五九六〇
振替　〇〇一四〇—〇—四四三九二
印刷　凸版印刷株式会社
製本　ナショナル製本協同組合

ISBN978-4-19-894329-5　(乱丁、落丁本はお取りかえいたします)

徳間文庫の好評既刊

今野 敏

防波堤

横浜みなとみらい署暴対係

　暴力団「神風会《しんぷうかい》」組員の岩倉《いわくら》が神奈川県警加賀町《かがちょう》署に身柄を拘束された。威力業務妨害と傷害罪。商店街の人間に脅しをかけたという。組長の神野《じんの》は昔気質《かたぎ》のやくざで、素人に手を出すはずがない。「ハマの用心棒」と呼ばれ、暴力団から恐れられているみなとみらい署暴対係長諸橋《もろはし》は、陽気なラテン系の相棒城《じょう》島《じま》とともに岩倉の取り調べに向かうが、岩倉は黙秘をつらぬく。好評警察小説シリーズ。